Dış Güzellik Yasaklansın, Ruh Güzelliğine Geçelim

W0251363

DIŞ GÜZELLİK YASAKLANSIN, RUH GÜZELLİĞİNE GEÇELİM
YASEMİN SAKALLIOĞLU | ROMAN

Birinci Baskı: Mart, 2022

Şef Editör: Cem Tunçer
Yayın Koordinatörü: Erdem Öztop
Kapak ve Sayfa Tasarımı: Gülay Tunç

ISBN: 978-605-74058-8-3

BASKI-CİLT
Turkuvaz Haberleşme ve Yayıncılık A.Ş.
Güzeltepe Mah. Mareşal Fevzi Çakmak Cad.
B Blok No: 29/1/1-Eyüpsultan/İst.
T:+90 212 354 30 00

Sertifika No: 46403

Yasemin Sakallıoğlu

Dış Güzellik Yasaklansın, Ruh Güzelliğine Geçelim

SAHI KITAP

TANIŞALIM

Üç kardeşin en küçüğü olarak 22 Nisan 1988'de İstanbul'da doğdu. Ailesi çalıştığı için küçük yaşta bir süreliğine Rize'ye gönderildi ve altı yaşına kadar aralıklarla Rize'de yaşadı. Sonra yeniden İstanbul'a gönderildi. İlkokulu Beykoz Çubuklu İlköğretim Okulu, lise öğrenimini de Paşabahçe Ferit İnal Lisesinde tamamladı. Lise dönemlerinde tiyatroyla ilgilenmeye başladı. Mezun olduktan sonra fırında tezgâhtarlık, çocuk bakıcılığı, mağazada satış elemanlığı ve bankacılık gibi sektörlerde çalıştı. Bankacılık yaptığı dönemlerde bir gün lise mezunlarının terfi alamayacağı bilgisini aldığında terfi alabilmek için açık öğretim fakültesinde "Halkla İlişkiler ve Reklamcılık" okumaya başladı.

Bu sırada da mesai arkadaşlarıyla birlikte bir tiyatro ekibi kurdu ve banka içinde kendi yazdığı mesleki oyunları arkadaşlarıyla birlikte sergilemeye başladı. Fakat bankadaki yöneticilerinden biri bir gün ona "Burası konservatuar değil ve senin yerin orası" diye e-mail atınca, mesleğinde çok başarılı olmasına rağmen belediye tiyatrolarına girebilmek için bankadan istifa etti. Belediyede tanıdık bulamadığından bir türlü tiyatro ekibine dahil olamadı. Başka bir bankaya iş başvurusu yaptığı sıralarda Beykoz Dedeoğlu Parkı'nda arkadaşının çekmiş olduğu bir videoyla bütün ana haberlere konu oldu ve daha sonra *Eşkıya Dünyaya Hükümdar Olmaz* dizisinde oynamaya başladı. Bu dizide oynadığı sıralarda etrafında çok fazla konservatuvarlı oyuncu olması ona kendini eksik hissettirdiğinden 28 yaşında İstanbul Aydın Üniversitesi Güzel Sanatlar Fakültesi Oyunculuk Bölümünde eğitim görmeye başladı. Fakat aynı tarihlerde arkadaşlarıyla beraber bir doğaçlama tiyatro ekibi kurduğundan, hem dizide, hem tiyatroda, hem okulda eş zamanlı bulunma konusunda zorlandı ve okulunu yarıda bırakmak zorunda kaldı.

Şimdilerde eşi olan Burak Yırtar ile de bu dizi setinde tanıştı ve çok yakın arkadaş oldular. Üç sezon boyunca rol aldığı *Eşkıya Dünyaya Hükümdar Olmaz* dizisinden ayrıldıktan sonra *Jet Sosyete* adlı dizide bir sezon boyunca Kumsal adlı bir karakteri canlandırdı. Bu dizide yer alırken hayali olan kendi karakterlerinden birine film yapmak için *Zengo* adlı filminin senaryosunu yazdı ve filmi için sete çıktı. 06 Mart 2020 tarihinde *Zengo* adlı filmini beyaz perde izleyicisinin beğenisine sundu. *Eşkıya Dünyaya Hükümdar olmaz* dizisinin setinde tanıştığı Burak Yırtar ile yakın arkadaşlıkları aşka dönüştü ve 10 Mart 2021 yılında Burak Yırtar ile nikah masasına oturdu.

Sahnede olmaktan hep ayrı bir keyif aldığını belirten komedyen, 16 Eylül 2021 tarihinde "Doğru Koca Nasıl Seçilir?" adlı gösterisiyle Türkiye'de bir ilki gerçekleştirip Harbiye Cemil Topuzlu Sahnesi'nde stand-up yapan ilk kadın komedyen unvanına sahip oldu.

Şimdilerde stand-up gösterisi için hem yurt içi hem yurt dışında sahnelerine devam eden komedyen, üç yıldır hayalini kurduğu *Dış Güzellik Yasaklansın, Ruh Güzelliğine Geçelim* adlı kitabını siz değerli okuyucularına sunmaktan büyük gurur duyuyor...

İ Ç İ N D E K İ L E R

Dış Güzellik Yasaklansın, Ruh Güzelliğine Geçelim
13
Haksız Rekabet
15
Nasıl Yardımcı Olabilirim?
17
Sen Hep Böyle Komik misin?
19
En Etkisiz Ama En Yetkili
21
Biz Sana Ne Takacağız?
27
Hayal Ettiğimden Uzakta
31
Göğüs Dekoltesi İçin Seçilmiş En Yanlış Zaman
35
Geçici Güzellik Merkezi
41
En İnce Muhabbet
49

Modern Aile
55
Yalnızlıkla Tanışma Ânı
61
Bir Savaş Daha Kaybedildi
67
O Kıvılcım Nerede?
79
Yan Odadaki Aşk Bizi Mutlu Eder mi?
83
Belki de En Aydın Gün
91
Kaliteli Sohbet
93
Tanımadığım Gözlerde Tanıdığımı Aramak
97
Yeni Bir Yol
103

Babamın ameliyat oluşuyla başladı benim yazma hikâyem. Annem her şeyi çok büyüttüğünden o dönem evde devamlı ağlıyordu. Babama ne olacak korkusundan üç sayfa şiir yazmıştım. Fakat aynı akşam yazdığım şiiri o günleri bana hatırlatır düşüncesiyle parçalayıp çöpe atmıştım. Hâlâ merak ederim ne yazdığımı. Çünkü o üzüntüyle o kadar hızlı yazmıştım ki bir kere bile okuma fırsatı bulamadan yok ettim onu. Keşke atmasaydım da bugün kendime o günlerin geçtiğini hatırlatmak için arada tekrar tekrar okuyabilseydim. Artık yazdıklarımı sadece kendimin değil beni seven herkesin hatırlamasını istediğimden, hissettiğim hiçbir duygudan kaçmadan yazdım bu satırları. Bir kere okuduğunuzda kendi hayatınızda sizi üzen detaylar bulursanız, bir süre sonra bir de bugünlerin geçtiğini hatırlamak için yeniden okuyun, olur mu?

Yasemin Sakallıoğlu

Dış Güzellik Yasaklansın, Ruh Güzelliğine Geçelim

Hani bir söz vardır ya, "Hiçbir şey yoktu, her şey çok güzel gidiyordu birden ayrıldık".

İşte ben bu söze hiç inanmıyorum. Bana göre ayrılık sallanan diş gibi insan ağzında. Her şeyi yedin içtin, o diş artık zedelendi. Cesaretini toplayıp o koltuğa otursan tek hamlede çekilecek. Ama insanoğlunun alıştığı hiçbir şeyin boşluğunu göze almaya niyeti yok. Aynı evin içinde yaşayıp aynı yerde uyuyan, fakat çoktan ayrılmış insanlarla dolu çevrem. Üstelik bu öyle bir gizemdir ki bu sırrı iki kişi de bilir ve o an bir oyun başlar. Sessizliğe yakın bir azalma olur sohbetlerinde. Mesela birlikte karar vermenin artık sana hissettirmediği mutluluğun yerini "Sen bilirsin" alır. Bazen başka birine derdini anlatırken, o an kendinle yüzleşip fark ettiklerinle kafanda ayrılırsın. Kimi zaman bir başkasının sevilişini izlerken...

Birikmiş onca lafın içinden hangisini seçsem diğerine haksızlık olur diye düşünüp susarsın. O an söylenmemiş tüm cümlelerin eşit hakka sahiptir. Gürültüsüz olur son kavgan. İçinde sandalye, masa yerle bir olmuşken, sen uykuda ölmüş gibi zahmetsiz, öyle sessiz vedalaşırsın... Fakat duyulmaz bu vedan. Çünkü ayrılığın üzerimizde oluşturduğu o berbat hali o kadar sahiplenmek istemeyiz ki devamlı ayrılmamaya nedenler ararız ve bu çoğu zaman kendimizi haksız çıkarma çabamızla sonuçlanır.

Neden?

Acaba karşı tarafın gerçek haksızlıklarıyla yüzleşirsek kalmaya bahane mi bulamayız?

Haksız Rekabet

Azalan cinsellikle başlar kaygılar. Bir erkeğin bir kadının başını okşamadığı her an özgüvensizliğin tuvaline vurulmuş bir fırça darbesine dönüşür. Aynı metroda karşında oturan o hiç tanımadığın seksi kadınla kıyaslamaya başlarsın kendini. Sosyal medyada karşına çıkan her kadının fotoğrafını en ince ayrıntısına kadar yakınlaştırıp kendinde eksik arar, daha da kötüsü aynı fotoğrafa eşin ya da sevgilin de bakar mı korkusunu yaşarsın. O her şeyden habersiz sadece kendini sosyal medyada paylaşan hemcinsin düşmanın olur bir anda. Hepimiz bir diğerimizin evindeki kavgaların habersiz nedenleri oluruz. Kafanda kurduğun şeylerin esiri olursun. Düşündüğün onca saçma şeyi kendine yakıştıramaman da kadayıf üstünde kaymak gibidir. Oh afiyet olsun. Ne de güzel mideye iner kıskançlığın zehiri şimdi...

Di mi?

Nasıl Yardımcı Olabilirim?

25 yaşındaydım. Maaile çalışıp anca sahibi olabildiğimiz evin noter işlemleri için annem, ben ve babam noter binasından içeriye girmiştik. Sıramızı almış bekliyorken babam yıllar sonra ev sahibi olmanın heyecanıyla fenalaştı. Ya da ev annemin üzerine yapılacağı için üzüntüden de fenalaşmış olabilirdi, bilmiyorum. Babamı koltuğa oturtmaya çalışırken annem söylenmeye başladı:

Annem: "Allah aşkına neyine fenalaşıyorsun? Bak sıramız da kaçtı."

Ben: "Tamam anne, şu an sırası mı ya? Alırız gene sıra."

Bir yandan babamı sakinleştirip bir yandan annemin o anki anlayışsızlığını idare etmeye çalışırken halimizi görüp üzülmüş olacak ki oturduğu yerden kalkıp yanımıza geldi müstakbel eşim.

Eşim: "Nasıl yardımcı olabilirim size? Amca iyi mi?"

Annem: "İyi iyi bir şeyi yok. Ev aldık da şımarıklık yapıyor!"

Ben: "Anne Allah aşkına lütfen!"

Eşim gülmüştü. O an anlamıştı sanırım normal bir aile olmadığımızı. Hem babama su getirmiş hem de işlemlerimizi hızlıca halletmişti o gün. Ben de o an çok etkilenmiştim eşimden. Çünkü aslında ailemi, yani bizi tam olduğumuz halimizle tanımış ve o hikâyenin içinde beni fark etmişti. Eşime o günle ilgili ne zaman bir şey sorsam benden ilk etapta hoşlandığını inkâr eder. Ama aynı akşam Instagram'dan adımı bulup istek göndermeseydi ben ya yeni ev alan bir akraba bulacak ya da bizimkilere bir daha ev aldırıp o notere tekrar gidecektim. Benim o an içime doğmuştu onun eşim olacağı. Hem yakışıklı hem yardımseverdi. Bir kadın bir erkekte başka ne arayabilirdi?

Sen Hep Böyle Komik misin?

Eşimin bana Instagram'dan yazdığını fark ettiğim an telefonda ne kadar WhatsApp grubu varsa hepsine yazıp müjdeli haberi vermiştim. Tüm gün beni bulsun diye duaların, ayetlerin döndüğü o gruplarda şu fani dünyada çözülemeyecek hiçbir sorun bulunamazdı. Sabaha kadar yazışmıştık eşimle. Benim içime bir mizah tomurcuğu ekmişler gibi eşimi üç cümlede bir güldürüyor, aramızdaki radyasyonu pozitif enerjiye boğuyordum. Eşim bana "Sen hep böyle komik misin?" diye sorup, "Uzun zamandır bu kadar gülmemiştim hiç uykum yok" demişti. Bense bir hafta uykusuz gezebilirdim onun bu mesajıyla.

Ertesi gün o uykusuz halimizle işe gitmiş, akşamında buluşmuştuk. Beni çok sevdiği bir pilavcıya götürmüştü. Daha sonra söylediğine göre aslında beni denemiş. Ben pahalı yerlerden mi yoksa böyle salaş yerlerden mi hoşlanıyormuşum anlamak istemiş. Bana "Tavuk pilav sever misin?" diye sordu. O an sevmek yetmez ölürüm diyemedim. Çocukken gezmedik mevlit bırakmaz, o mevlitlerde deli gibi çalışırdım ki mutfakta en çok ben tavuk pilav yiyebileyim. "Severim" dedim kibarca. O beni denerken bense ondan emin olmuştum o an. O benim eşimdi ve ben onunla bir ömür pilav yiyecek, birlikte kilo alacaktım...

Bir buçuk yıllık bir birlikteliğin ardından annem yumurtalıklarımın kurumasından çok korktuğu için "Söyle artık bu işin adını koysunlar" dedi.

Evimize hoşgeldin...

En Etkisiz Ama En Yetkili

Herkesin bir kız isteme hikâyesi vardır ya hani. Benimki telaştan, onu bunu takip etmekten pek heyecanlı geçemedi. Zaten bizim ailede özel anların stresli geçmesi âdettir ve bu gelenek benim isteme törenimde de bozulmadı. Elimde cezve tam olarak taşırmadan bir kahveyi köpürtmenin yolunu ararken, bir yandan da içerden gelen babamı seksen altı kez uyarmış olmamızın işe yaramadığının belirtisi olan siyaset, ekonomi ve gündüz kuşağı içeren tartışmalarının seslerini duyuyorum. Ve işin tuhaf kısmı... Kayınpederim babamın söylediklerini devamlı onaylasa da babam çıldırıyor. Adam zaten babamla her konuda aynı görüşte. Birinin babama bu bilgiyi vermesi lazım ama şu an o odada tansiyon o kadar yüksek ki kimsenin buna cesareti yok. Babamın sohbet esnasında o kadar alakasız küfürleri var ki, küfürlerin bahsettiği konulara olan uyumsuzluğundan anlattığı hiçbir şeye konsantre olamıyorum. Ve şu an ödüm kopuyor isteme törenimde gaza gelip sövmeye başlayacak diye. Zaten odada oturanların yarısından çoğunu tanımıyorum. Damat tarafı, kalabalık gözüksünler diye çerçöp ne varsa toplayıp gelmiş. İçlerinden birinin de ayakları o kadar kötü kokuyor ki inşallah bu kokuyu bizim evden bilmezler. Bunlar nasıl akraba ya? Hiçbiri birbirine benzemez mi? Cast ajansından 60 TL'ye mi getirdiler bunları bilmiyorum ki.

Mesela koltuğun başında oturan mavi gözlü, sarı saçlı çocuk kim? Herkes çirkinlikten yıkılırken kim bu çocuk? Hayır madem bu kadar iyi bir gen yakalanmış diğerlerine hiç mi sirayet etmemiş bu? Ortalıkta bir de hiç durmadan koşan yaramaz bir çocuk var. Kimin çocuğu belli değil. Ne zaman çocuğu uyarsam kimse çocuğu sahiplenmiyor. "Kimin çocuğusun?" dedim. "Ben damat tarafıyım" deyip elimdeki kurabiyeyi kapıp kaçtı. İbretlik bir akşam yaşıyorum şu an. Karışıyoruz karman çorman bir aileye ama hadi hayırlısı bakalım. Eşimin amcasının karısı da maşallah öyle bir saç yaptırmış ki tavus kuşu gibi oturuyor odada. Ne kadar altını varsa da takmış takıştırmış. Ha bire şu kadar şuyumuz, bu kadar buyumuz var diye sayıp sonra da tüm konuşmalarının sonunu "Aman kuzum bizler emanetçileriz. Asıl mülk Allah'ındır" diye tamamlıyor. Nasıl bir emanetçilikse o da, bize bir çöp emanet eden olamadı vallahi. Neyin gösterişi bu bir anlasam. Kesin kayınvalidemle sıkıntısı var bu kadının. Ne zaman odaya girip çıksam "Güzel gelinimiz, güzel gelinimiz" deyip duruyor. Kaynanama inat daha çok sahipleniyor beni. Devamlı bir üstünlük kurma çabası. O sivrildikçe kaynanam daha da geriliyor.

Beni isteme görevini ise eşimin amcasına vermişler. Zaten her sülalede bu kural hiç şaşmaz. Biri fazla para kazandı mı hemen bilir kişi ilan edildiğinden kayınpederimin dili lal olmuş, bu akşam beni isteyemiyor. Kaynanam da kocasının kendi yetkilerini sonradan görme abisine bu kadar teslim etmesine o kadar bilenmiş ki balon balığı gibi şişe şişe bir hal oldu bu akşam.

Odada kaynanam kadar gergin biri daha var, büyük abim... Onun sorunu ise hiçbir konuda babamla aynı görüşte olmaması. Bu yüzden sürekli tartışırlar ve genelde babam abimi evden kovar. Umarım medeni durumumun değişeceğinin habercisi olan bu gecede abim bu tartışmaya dahil olup evden kovulmak zorunda kalmaz. Çünkü genelde bu tartışmaların sonu şöyle bitiyor: Babam abime o meşhur konuşmasını yapıp ona kapıyı gösteriyor. "Bu hayatta işverenler ve çalışanlar vardır. Sende işveren ruhu yok. Ne diye sürekli iş yeri açıyorsun." Açıkçası babam değişik bir adam. Ona göre biz yüksek mevkileri hak eden ruhlar değiliz. Hayatı hepimize kaygı yüklemekle geçiyor. Mesela şehir dışına mı çıktık? Bulunduğumuz şehre üç şehir uzaklıkta bir kar yağsa, babam o kar yüzünden bizim kaza yapabileceğimizi düşünüyor. Ona göre hayattaki tüm kötü şeyler bizim başımıza gelebilir. Çünkü biz bahtsız bir aileyiz. Değilsek bile öyle olmalıyız. Çünkü başka türlüsü babamın içine sinmiyor. Onun en mutlu olduğu anlar, hepimizin bir odada oturup, yaşadığımız kötü şeyleri konuşup, kendimize acıdığımız anlar. Mest oluyor adeta. Mesela babam telefonu açar, "Alo" demez. Derin bir nefes alır önce. Ya da yine telefonda konuşurken, ona biraz üzüleceği bir konu mu söyledik... Sessizlik oluşur, konuşmaz. Genelde de telefonu hoparlöre alıp uzağına koyar, radyasyondan korktuğu için. Anlat dur babama. Acaba kaç tanesini dinliyor? Kapatmaz da telefonu. Tam "Görüşürüz baba" diyecekken yirmi dakikanın on beş dakikasının sessizlikten oluşacağı yeni bir konu açar. Ben hayatımda onun kadar konu bulamayıp aynı zamanda konuşmayı bu kadar seven başka bir adam görmedim. Babamın kendini var etme, belki de konuşacak başka bir şey bulamamasının ardına sakladığı o bizim ailemizle ilgili tek bir bilgi içermeyen stresli konuları, benim sözüm ona en değerli gecemin de itinayla içine sıçarken, ben tek başıma 18 fincan kahveden oluşan bu tepsiyi birinin umumi yerlerini yakmadan servis edebilir miyim onu düşünüyorum. Sağ olsun, küçük abim içmemiş bu akşam, ama saniyeleri sayarcasına ayak parmaklarını kımıldatıyor. Bir an evvel babam beni verse de abim de evden çıkıp en ucuzundan alkolünü içse. Böyle zamanlarda bazen annemle babamın sevişirken belli tedbirleri almayışları beni çok üzüyor. Keşke o an biri kondomu bir kâğıda sarıp taş niyetine camdan fırlatsaymış ve bu kâğıt tam da annemle babamın yatağına düşseymiş. Maalesef bunlar gerçekleşmediğinden benim iki tane abim var. Biri sadece alkol almak için işe giderken diğeri de genelde annemin emekli maaşını bağlayacağı kredileri çekmesi için iş yeri açıyor. Ben mi? Ben ise bir kadın doğum uzmanının asistanlığını yapıp her an doğurmaya hazır kadınların stresini azaltmak için devamlı yüzlerine gülüyorum.

Yeğenlerim de kenara geçmiş sanki hiç ekler yememiş gibi son derece utanç verici bir performans sergiliyorlar. Tam büyük yeğenimin sıkıntıdan ofladığını fark ederken küçük abimin, eşime sert bakışlarını yakalıyorum. Neyin bakışı bu hiç anlamıyorum. Daha az önce babam beni vermiş zaten. Bugüne bugün bir kez olsun birlikte bir sinemaya gitmediğim, dışarıda karşılıklı bir kahve içmediğim, televizyonda aynı anda aynı şeye bile güldüğümüzü hatırlamadığım abim söz konusu erkek olunca bir kız kardeşi olduğunu hatırlıyor. Mesela ben başım sıkıştığında abime gittiğimi hiç bilmem. Çünkü bizim evde benim hiç yaramazlık yapma hakkım olmadı. Ya iki abimin kavgası, ya abilerimle babamın kavgası ya da annemle babamın tartışmalarının ortasındaydım. Tonla karmaşanın içinde iki gram aklımla en mantıklı davranması gereken taraf hep ben olmak zorundaydım. İki gram aklımı da sakın küçümsemeyin. Bizimki gibi ailelerde bu seviye zirveyi temsil ediyor. İşte beni en çok da bu üzüyor. Hayatım boyunca tek bir konuda fikrini alamadığım, bir kez olsun benim hayatımla ilgili bir sohbet başlatmamış abilerim, hayatımı geçireceğim kişiyle ilgili karar verme yetkisine sahipler. İşte bu kadınların kaderine daha en başında yazılmış bir haksızlık değil mi?

Biz Sana Ne Takacağız?

İsteme merasiminden evvel annemle bir kafede medeni aileler gibi buluşup pizza yerken, bir an durup bana "Biz sana ne takacağız düğününde?" diye sordu. O an ağzımda pizza, karşımdaki de annem olmasa "Siz bana doğumumdan bu yana taktınız takacağınızı!" diyecektim ki önce pizzamı yutmayı seçtim. Daha ben kundakta bebekken başımda gerdeğimde örteceğim nevresimin dantelini ören annem, kenara benim için bir çeyrek bile koymamış. Çocukken bile bana bir kere organize ettiği doğum günüme kendiyle yaşıt ve her biri birbirinden koca götlü arkadaşlarını çağırmış, hepsinden hediye olarak borcam, altılı yemek tabağı gibi şeyler istemişti. Ve bu hediyeler bana verilirken benim yaşım dokuzdu. Yaşıma yakışır tek hediyeyse küçük abimin arkadaşından gelmişti. Süslü bir bebek ailesi hediye etmişti bana. Gerçi o hediyeye de bakacak olursak orada da kız yalnız değildi. Kutuya hemen bir koca, bir bebe, bir de çamaşır makinesi koymuşlardı. Daha dokuz yaşında tüm sosyal çevrem bana aynı mesajı veriyordu. "Tek başına güçlü olamazsın!" İnsan ister istemez kırılıyor. En büyük erkek yeğenimin ergenlik sevgilisine alacağı hediyenin parasını bile diğer aile fertlerinden aşıran annemin, bana, yani kendi kızına dair bir hayal kurmamış olması beni çok incittiğinden, o ânın öfkesiyle "Takı iptal" dedim. Annemin gözleri o an biraz daha büyüseydi yüzü sadece gözden ibaret olacaktı. "Ne demek takı iptal? Ben bugüne kadar dağıttıklarımı toplamayacak mıyım?" dedi. Gözümün önüne annemin her gittiği düğünde taktığı 50 ve 100 TL'ler geldi. "Ben hepsini tek seferde toplar, sana veririm" dedim. Düğünümüzde kendi ailemin takacağı takıyı kendi paramla alma düşüncesi öyle gücüme gitti ki topyekûn bana takılacak ya da takılma ihtimali olan her şeyden vazgeçtim. Ve tabii, yine fazla gurur göte vurdu, olan yine bana oldu. Ben takı iptal desem de kayınvalidem, "O ne saçmalık öyle! Biz takacağımızı takarız, sizinkiler takmazlarsa takmasınlar" dedi. Annemlerin takı takmadığı belli olmasın diye diğer akrabalarımızın da takısını kabul etmediğim düğün törenimizde, kayınvalidemin aşırı tutumlu akrabalarının topunun taktığı takı üst bölgemin %15'ini bile kaplamadı. Taktıkları kuşağa değmedi anlayacağınız. Kayınvalidem de sağ olsun iplikten hallice, son derece zarif, incelikten kırılan dört bilezik taktı bana. Olsun ama, en azından bilezik taktı ve bu böylesi bir takı töreninde gelin tarafına çekilmiş en büyük restti.

Hiç unutamadığım bir an oldu düğünümüzde. Eşimle dans ederken kaynanamın çok değişik bir bakışını yakalamıştım. Ne paylaşılmaz bir oğlu vardı. Belki de beni yetersiz hissettiren şeylerden biri de buydu. Ben bunu ne kadar inkâr etsem de acaba yerimde başkası olsaydı kayınvalidem gene böyle bakar mıydı diye düşünmeden edemiyorum.

Annemse düğünümüzde arkadaşımın yemediği tabağı bile yemişti. Sanki iki aile de başkasının çocuğunun düğününe gelmiş gibiydi. Peki biz? Biz kimin düğünündeydik?

Hayal Ettiğimden Uzakta

Daha evlendiğimiz ilk gece içimden seksi bir kadın çıkamayacağını anlamıştık ikimiz de. İnsan eşinden utanır mı? Aklıma hangi seksi hareket geldiyse şimdi bu adam hakkımda yanlış düşünür, ondan evvel çok yaşanmışlığım olduğunu zanneder diye her şeyi içimde sakladım. Dişiliğimi de... Onu öyle derinlere itmiştim ki eşimin onu bulup dışarı çıkarabilmesi için benimle neredeyse şöyle bir konuşma yapması gerekirdi:

"Hayatım çekinme. Her ne yaparsan yap senin yollu olduğunu düşünmeyeceğim."

Maalesef eşimde böyle bir farkındalık oluşmadığından o benim utangaçlığımı odunluk olarak algılayıp beni bu kalas halimle kabul etti. O benden daha fazlasını beklediğini belli etmedikçe ben de daha fazlasını yapabilme cesaretini gösteremedim. Halbuki kafamın içinde ne kadar çekiciydim. Kim beni durduruyordu? Bana ne oluyordu sahiden? Zamanla git gide azalan yakınlaşmalarımıza geçerli bahaneler üretmekte ustalaşmaya başladık. Mesela beni tüm gün doğum sancısı çeken kadınlarla ilgilenmek çok yoruyordu, o ise noterde evrakların içinde boğuluyordu. Gerçi eşimi evraklar kadar kaynanam da boğuyordu. Hiç unutmam bir akşam tam biz sevişecekken elinde limonlu kekiyle bize oturmaya gelmiş, kapıyı açtığımda saçım başım hafif dağınık diye bizi zina yaparken basmış gibi ekşi bir suratla kekini bırakıp gitmişti. Allah'tan kek çok güzeldi de kendimi onunla teselli edebilmiştim. Sanki tüm güzel hamurişleri dünyaya kötü giden evlilikleri telafi etmek için gelmiş. Zaten serde çekingenlik varken, üstüne bir de kaynanamın zamansız baskınlarından kendi kocamla sevişmeye korkar olmuştum. Zaten evliliğin en önemli zamanları olan o ilk aylar da kaynanamın kıskançlığıyla geçmişti.

Her geçen gün sanki ikimizi de birileri bir halata bağlamış ve farklı yönlere çekiyorlarmış gibi uzaklaşmaya başladık. Fakat bunu fark ettikçe aksini ispatlamaya çalışıp birbirimize daha fazla yaklaşmaya çabalıyorduk. Daha fazla sosyalleşip daha fazla misafir çağırıyorduk. Belki de ikimiz de aynı evin içinde tanıdıklarımızın açacağı sohbetlere sığınıp konuşacak bir şeyler bulmaya çalışıyorduk.

Bir kapı kulpu avucumun içinde
Açsam dışarıdayım, açmasam yanında
Var sandığım ortak noktalarımızın yokluğunu çekiyorum
O an zil çalıyor kapının kulpunu başkaları için kullanıyorum

Sanki hiç çıkmak istemiyormuş gibi, gelenlere "Hoş geldiniz" diyorum

Ne tuhaf değil mi?
Bir türlü ait olamadığım yerde, ne çok misafir ağırlıyorum...

Birçok kere o halatı koparıp atmayı başardım. Fakat bu sabah eşim uyurken benim halatım gücünü artırdı ve ben o halata karşı direncimi yitirdim. Her sabah ikimizi de işe göndermek için açılan bu kapı bu kez beni kendi içimden dışarı çıkarmak için açıldı...

Göğüs Dekoltesi İçin Seçilmiş En Yanlış Zaman

Sokağın başında ayakta duruyorum öyle. Şimdi kime gitsem kocamla yaşadıklarımızın yerine başka uydurma hikâyeler anlatıp ağlamaya bahane bulmak zorundayım. Hangi kafede saçma bir yemek söyleyip ağlayabilirim onu düşünüyorum. Aksilik ya, taksi de gelmiyor bir türlü. Yani evden çıkarken kocam arkamdan gelse çoktan yakalamıştı beni. Bu şehrin taksileri insanın kapıyı çekip gitme hevesini bile kursağında bırakıyor. Şuraya bak, resmen gidecek arkadaşım yok. Hangisine anlatsam kendi hayatına şükreder gibi geliyor. Meşhurdur ya hani, mutsuz olanın kendine illa bir ortak araması. Ben daha bu yaşıma kadar kendi mutsuzken bir başkasının aynı sebepten mutlu olmasına sevinenini göremedim. Hele bir de evliysen vay haline. Zaten anlatmasan da evliliğin hakkında herkesin bir fikri varken, bir de anlatsam hiç susmazlar korkusundan yalnız ağlayacağım mecbur.

Heh şükür geldi taksi. Bindim, bakalım gideceğim yeri beğenecek mi? Bak, bir de bu derdim var şimdi. Ben hayal kırıklıklarından hayal kırıklığı beğenirken taksiciye de güzergâh beğendireceğim. Etiler çıktı ağzımdan. Birden çıktı vallahi. Şansıma da beğendi, gidiyoruz şu an.

Restoranın önündeyiz, birazdan kendimi sıka sıka kaskatı kesildiğim bedenimi salacağım o kapıdan son derece naif ve güler yüzlü bir şekilde girdim ve masama oturdum. En köşeyi seçtim, malum, gözlerimden kan dökülecek. Garson geldi, mağrur bir şekilde çıtır tavuklu salata istedim, bir de yanında nar ekşisi. Böyle durumlarda çok iyi geliyor bana nar ekşisi. "Öncesinde de bir çay lütfen" dedim. Çay beni salataya, salata da beni ağlamaya hazırlar. Aslında bana şu an biri "İyi misin?" diye sorsa yetecek ağlamama. Değilim çünkü. Bu soru bana hep kötü olduğumu hatırlatıyor. Önüme çayım geldi şu an. O da çok sıcak hemen içemiyorum. Allah'ım ya, bir yerlerde ayrılmadan birleşmenin, ağlatmadan güldürmenin yolları olmalı. Üzüntümden evden çıkarken telaştan bir şey bulamayıp o an elime geçen hafif göğüs dekolteli çiçekli elbisemi giydim. Garson çayımı koyarken göğüs çatalıma baktı. Belki bekâr olsaydım bu kadar rahatsız etmezdi, ama evliyken biri bana baktığında sanki kocam ikimizi kendi yatak odamızda altlı üstlü ateşler içinde sevişirken yakalamış gibi hissediyorum. Ah şu kadınlığım, ah benim namus bekçisi zihnim. Beynimin içinde eli maşalı bir mahalle kadını yatıyor ve öyle de bir yatmış ki top atsan uyanmıyor.

Yavaştan bir ağlama hissi de geldi. Sanki salatayı bekleyemeyecek gibiyim. Bas bas bağırasım var. "Ulan ben şu an seksi değil miyim!" diye. Ama neden bu cümleyi bağırmak istedim? Ben insan değil miyim gibi bir cümle değil de neden bu? Evliyken üst üste sevişmediğiniz o birkaç hafta bile kadınlığınızın üzerine atılmış bir ölü toprağına dönüşüyor. Tek bir erkek üzerinden değerlendirdiğimiz o dişiliğimiz sanki hiç oluyor gibi. Kocan beğenirse güzel, o överse iyi, o öperse çekicisin sanki. Şimdi hem konuşmuyoruz, hem kapıyı çarpıp çıkmışım, hem birbirimizi birbirimize hatırlatacak kadar bile sevişmemişiz. E peki, şimdi benim kadınlığıma on üzerinden kaç puan?

Haydi bakalım, ağlamaya da başladım. Garson da elinde salatayla geliyor. Demin göğüs çatalıma baktı, şimdi de çatalı çekici bir kadın olarak ağlıyorum. Daha da kurtulamam ben bu garsondan. Yemin ederim işimiz var. Salatayı bıraktı, fazladan peçete getirdi bana. "Sağ ol kardeşim" dedim. Kardeşi de bastırdım ki hani evliyim… "Ağlarken çok masum, sevgiye muhtaç seksi bir kadın olsam da evliyim canım benim" demek istedim. Umarım anlamıştır. Yani anlasa iyi olur. Neyse salatamı yemeye başlıyorum, sağ olsunlar malzemeleri öyle büyük doğramışlar ki şurada iki sağlıklı bir şey yiyeceğim diye ağzım yırtılacak. Mecbur bıçakla küçülterek yiyeceğim.

Ben aslında şu an olmam gereken yeri biliyorum. Benim acil güzellik merkezine gitmem gerek. Neyse şu salatam bitsin de. Bak, şimdi garson gene geliyor. Gittikçe yaklaşıyor veeee geldi:

Garson:"Nasıl, beğendiniz mi?"

Ben: "Evet evet, sağ olun, çok güzel."

Bu sağ ol kelimesi bana hep çok kurtarıcı gelmiştir. Sağ olu seksapeliteden uzak buluyorum. "Çok teşekkürler" bana daha tehlikeli geliyor. Belki de şu an bunları götümden uyduruyorum. Çünkü çok canım sıkkın ve kafamın içinde konuştuğumun çeyreği kadar bile bu adamla konuşmak istemiyorum.

Garson: "Başka bir arzunuz var mı peki?"

Ben: "Ne gibi?"

Garson: "Tatlılarımız çok güzeldir, muhakkak tatmanızı isterim."

Ben: "Yok şimdilik kalsın. Çok sağ olun."

Garson: "Peki, tekrar afiyet olsun."

Sadece kafamla onaylayarak gitmesini sağladım. Bir yanım, "Ulan bende hâlâ iş var, bak ben kadınım işte yahu. Adam resmen bana asılıyor" derken, bir yanım da adamı hiç beğenmediği için, aurası yeterince yüksek bir adam tarafından beğenilmediğimden bu asılmayı yeterli bulmuyor. Fakat gene de suçlu hissediyorum kendimi. Yani götümün açıkta kalacağını bilmesem elbiseyi ters çevirip yüzümü kapatacağım o derece. Yok yok, benim şu an acilen bir güzellik merkezine atmam lazım kendimi. Uygulamadan taksi bakıyorum. Fakat üç kere şoför yolculuğu iptal ettiğinden mecbur garsondan yardım isteyeceğim.

Ben: "Bakar mısınız?"

Garson: "Tabii."

Adam öyle bir "Tabii" dedi ki, "Evet evet evet" der gibi teliyle duvağıyla masama koşuyor sanki şu an.

Ben: "Bana bir taksi çağırabilir misiniz?"

Garson: "Hemen!"

Hani insan onore de olmuyor değil. Mesela şu an boşansam, yarın nikah masasına oturacağımız %856 milyon kesin olan bir aday beni bekliyor. Offff, kafamın içi çok dolu ve ben gerçekten çok mutsuzum.

Garson: "Taksiniz geldi."

Ben: "Teşekkür ederim, masaya hesabı bıraktım. Kolay gelsin."

Garson: "Ne demek, yine bekleriz."

Nasıl da içli içli söyledi. Beklersin tabii. Böyledir zaten bu işler. Genelde hep olmayacak kişiler bekler...

Taksiye bindim. Beni tek seferde istediğim konuma getirdi. Belki de son zamanlarda ilk defa bir işim rast gitti. Neyse, susayım da kendi kendime nazar etmeyeyim.

Geçici Güzellik Merkezi

Hangi güzellik merkezinin tabelasını görsem zihnimde hep bu isim canlanıyor. Hangi salon içten gelmedikçe dışa vuramadığımız o güzelliği kalıcı kılabilir ki? Bana göre kırık bir kalbin üzgün bir yüze ışıltı verme ihtimali yok, ama siz gene de highlighter'ınızı sürün tabii. Yüze parlaklık verir. Şu an her gün Instagram'da en az 76 tane story paylaşan bir güzellik merkezinin girişindeyim. Kendimi kendime hatırlatmaya yarayacak birkaç işlemden geçme vakti şimdi. Kapıda görür görmez direkt gülümsediler. Çünkü konuya hâkimler. Şu an avuçlarının içindeyim. Üzgün olduğumu biliyorlar. Onlar tam bir ajan. İlgiye ihtiyacı olan kadını yüz metreden tanıyorlar. Ben şu an hemcinsleri gibi görünsem de onlar beni full paket olarak görüyorlar. Benim bugün buradan en az 1000 TL hesap ve ikna edildiğim lazer paketiyle çıkacağım çok net. Onlar bunu biliyor. Peki ben ne biliyorum? Şimdilik hiçbir şey.

İçerisi de düğün salonu gibi. Her an baştan aşağıya sim dolu gelinin kız kardeşi bir yerlerden fırlayacak gibi hissediyorum.

Karşılamadaki kız: "Hoş geldiniz, nasıl yardımcı olalım size?"

Ben: "Genel bir bakım için geldim. Pedikürden başlasak iyi olur, eğer müsaitliğiniz varsa."

Karşılamadaki kız: "Tabii tabii, hemen alalım sizi. O esnada diğer alanlarda müsaitlik yaratırız."

İşte aradığım hız. Keşke hayatın her alanında bu kadar kusursuz olsak, di mi? Neyse, oturdum tahtıma, ayaklarımı ılık suya bastım. Gözlerimi de kapadım, şifayı ayaktan alalım bakalım.

Hayır, altı üstü pedikür yapılacak, şimdi bu tahttan hallice koltuklar neden be kardeşim? Her yer de çiçek dolu. Güzellik merkezi sahibi Selma geliyor yanıma, mecbur güleceğim malum, burası çoğunluğuyla mutsuz edilmiş kadınların hayatının en mutlu gününü yaşıyormuş gibi davrandığı yer. Selma elinde telefonla gezip merkezini tıka basa dolu gösteren story'sini çekiyor şu an. Yüzünde iki ton makyaj olmasına rağmen hâlâ filtre seçmekte zorlanıyor. Zaten seçtiği filtre de makyajını yok etti.

Selma: "Hoş geldiniz."

Ben: "Hoş bulduk."

Selma merkezin içinde dolana dolana videosuna devam ediyor.

Selma: "Evet arkadaşlar, görüyorsunuz bugün de full + full'üz. Hepinize bu yoğun ilgiden dolayı çok teşekkür ediyoruz. Önümüzdeki randevular için muhakkak profilimizdeki numarayı arayın. Yaaa Aylin video çekiyorum elinde müşteri yok arkada gözüküyorsun. Allah aşkına arkadaşlar biraz dikkat yaaaa!"

Selma da maşallah, tam bir sevgi pıtırcığı. Ne oldu şimdi, ben de önlerindeki randevular için teşvik edici bir unsur olarak Selma'nın videosunda mı gözüktüm? Keşke şey deseydim, "Evet arkadaşlar muhakkak gelin. Bakın biz mutluluktan deliriyoruz. Burada herkes sevgiden birbirini parçalıyor. Her birimiz evlerimizdeki mutluluktan sıkılıp buralara koşuyoruz. Siz de koşun. Haydi ne duruyorsunuz!"

Selma'nın da morali bozuk belli. Keşke o da gelip yanımda pedikür yaptırsa. Belli ki onca güzelliğin içinde dolanmak ona da yetmiyor. Bu taht da bana düğünümüzü hatırlattı. O son derece isteksiz kabul ettiğim düğün salonunu. Sırf kaynanamın komşusunun oğlu orada garson olarak çalışıyor ve patronuna yaranacak diye bizim düğün o salonda yapıldı. Kaç tane kadın, kaynanasının komşusunun oğlunun patronuyla ilişkisini önemser ki evlenirken? Ben önemsedim. Bu dünyada ne kadar güçlü bir kadın olursanız olun, kimse kaynanasından güçlü değildir. Zaten kendi akrabalarımın takı takmasını yasakladığım düğünümüzde üstüne bir de kaynanam bizden kendi akrabalarının taktığı takıları istemişti. Söylediğine göre düğün salonuna çok masraf yapılmış. Nesine masraf yapmışlar, hiç anlamadım. Keşke evden yemek getirseymişim. Kendi düğünümde aç kaldım. Pastamdan söz etmek bile istemiyorum. Yani, bırakın gerçeğini, maketini yesem daha tatlı gelirdi. O an keşke düğünler yasaklansa ve birbirini sevenler kenarda köşede kimsenin duyamayacağı bir yerde birbirine evet dese dedim. Evet bile gereksiz bazen. Kafasını sallasa kafiydi benim için. Birini sevmenin bedelidir sevemeyeceğin onca insanı da sevmek zorunda kalmak. Ne adaletsiz bir savaş di mi aşk? İkiye iki bin gibi bir orantısızlık. Bu hesapta sevenler onca kalabalık içinde yalnız.

Kız ayaklarımın nasırlarını kazıyor şu an. İçim gıdıklanıyor. Böyle anlarda bir utanma gelir bana. Aman, ne çok utanma geliyor bana da. Sanki utanmayı temsilen gelmişim dünyaya. Peeling'e geçildi şimdi, birazdan ayaklarım kremlenir ve kalkarım buradan. Kız ayaklarımı kremle ovalarken aklıma kayınvalidemin ayağının burkuluşu geldi. Evimize yeni koltuk takımı siparişi vermiştik. Kayınvalidem merakından çatladığı için üst kattan merdivenleri üçer beşer ineyim derken ayağı takılıp merdivenlerden yuvarlana yuvarlana bizim kapıya kadar gelmişti. Ve inanır mısınız o halde bile bir yandan ayağını tutup bir yandan da kafasını içeri uzatıyordu koltukları görebilmek için. Oldum olası hep bu merakından başı belaya girerdi. Bir türlü nasıl biri olduğuna karar verememiştim onun. Normalde beni çok sevdiğini düşünmüyorum ama ne zaman eşimle küssek muhakkak bana destek olurdu. Belki de el âlemin diline düşmek istemediğindendir bilemiyorum. Bir gün iyi bir gün suratsız davranırdı. Durduk yere ne olurdu ona hiç anlamazdım. Ama kendi akrabalarının yanında meleğe dönüşürdü adeta. "Bakın, ben gelinime kaynana değil anayım ana" tavrını korurdu hep. Özellikle de kendi kız kardeşinin yanında benimle çok iyi geçinirdi. Kayınvalidemin kız kardeşi de kendi gelinini sevmediğinden, o da beni çok severdi. Ne tuhaf bir denge şu gelin kaynana işleri. Kimse elindekini sevmiyor. Sanırım gelinler başkalarının kaynanaları tarafından sevilmek için dünyaya gelmişler. Belki de eşimin tutarsız tavırları da ona çekmiştir. Çünkü ben eşimi de genelde mutlak bir memnuniyet içinde görmezdim. Muhakkak canını sıkacak bir şey üretirdi kendine bu hayatta.

İyi yönleri de vardı ama eşimin. Yoksa neden evlenecektik değil mi? Mesela evle ilgili her şeyle fazla ilgilenirdi. Alışverişe çıktığımızda bulaşık deterjanını elime aldığımda "Hayır o güzel değil limonlusu daha iyi kokuyor" deyip değiştirirdi. Kimi kadına göre eşimin bu kadar evle ilgilenmesi muhteşem bir özellikti belki. Ama bunun ne demek olduğunu siz yemek yaparken eşinizin sizin arkanızdan yemeğe baharat attığını fark ettiğinizde anlıyorsunuz. Yani aslında siz bedenen varsınız ama fikren yoksunuz. Doğru kararları siz alamazmışsınız gibi.

Bunu sözle hiçbir zaman söylemedi eşim. Ama zamanla en ufak bir şeyi bile eşime sorduğumu fark edince kendi karar mekanizmamın nasıl yok olmaya başladığını gördüm. Eşimin mutlu olduğu ve mutlu ettiği çok an vardı. Asla hakkını yiyemem. Ama bu anlar genelde benim onun kararlarını onayladığım ve her şeyin onun istediği gibi gitmesini sağladığım anlardı. Bir söz vardır ya hani... Aslında hayat bizim karşımıza ihtiyacımız olan insanları çıkarırmış. Belki de benim kendi kararlarıma sahip çıkmayı öğrenebilmem için eşim gibi birine ihtiyacım vardı. Belki de ben eşimin varlığı karşısında kendi varlığımı korumayı başaramıyordum.

Geri çekildikçe, teslim oldukça ona varlığımı fark etme fırsatı tanımadım. Ya da benim de kolayıma geldi teslim olmak, bilmiyorum. O konfor alanında gittikçe kendi varlığımı flulaştırdım. Eşimin kendi kararlarının bu kadar arkasında durmasının aksine, kayınpederim de çok sakin, her şeyi onaylayan bir adamdı. Aslında bana hep şöyle hissettirirdi. Hiç sorumluluk almak istemediğinden kimsenin etlisine sütlüsüne karışmamayı tercih eden bir adam. Belki de kayınvalidem bu yüzden her şeyde kendi fikrinin geçerli olmasını istiyordu. Kendi evinde sürekli fikir beyan etmek zorunda kalmak, ona kendisini bizim koltuk takımımıza bile karar verme yetkisine sahipmiş gibi hissettiriyordu. Devamlı övülmek isterdi. Eşim de bu yönüyle annesine benzerdi.

Sabahları eşim bazen menemen yapardı. "Güzel olmuş eline sağlık" cümlesi asla yeterli gelmezdi. Ailece kendi içlerinde şuna alışmışlar. Bu durumu evlerine ilk yemeğe gittiğimde fark etmiştim. Ağızlarına ne atarlarsa bir yiyip beş övüyorlar. E biz öyle bir evde yetişmemişiz. Yani benim hiç alışık olduğum bir durum da değil. Haliyle böyle bir coşkuyla karşılaşınca ben de kapıldım bu övgü rüzgârına. Başladım övmeye. Hayır, ilk kez gitmişim evlerine. Ama elimde değil. Kendimi tutamıyorum. Ortama ayak uyduracağım diye kendi sülalemi boklamaya başladım. "Sizin yörenin yemekleri ne kadar güzel. Ay vallahi bayıldım. Bizde hiç yok böyle ağır yemekler." Bana bu da yetmedi. Kalktım sofrayı topladım. Mutfağa geçtim, bulaşıkları yıkadım, geçtim dolapları silmeye. Her şeyin farkındayım ama durduramıyorum kendimi. Yani ilkokulda okuldan dönünce önlüğümü odanın ortasına attığım için annemden dayak yiyen ben, kaynanamın evinde köle Isaura gibi çalışıyordum. Annem görse gururdan oturup ağlardı.

Aslında o an annemle kayınvalidem arasındaki farkı daha net anlamıştım. Biz anneme bir kere "Anne eline sağlık, çok güzel olmuş" deriz. Ama bunlar neredeyse yerlere yatacaklar birbirlerini övmekten. Mesela kayınvalidemle kedilerden bahsederiz. Hemen başlar, "Ben kedileri çok severim. Ben insanları da çok severim. Allah beni sevgiyle yaratmış. Herkesi çok seviyorum ben. Kimseye karşı bir kötülük düşünmem. İşte öyle biriyim ben." Bekle ki kaynanamın kendini övmesi bitsin de asıl konuya gelelim. Hele bir de o konuşurken araya girip onu bir kere daha öv. Allahuekber! İşte o zaman yandın. Sayfalarca sürer kendini övmesi. Sanırım kayınpederim sustukça kaynanam onun yerine de konuşmuş. Eşim de böyle bir anneyle yetiştiğinden ona ne söylesem yeterli gelmezdi. Menemen nasıl olmuş diye sorduğunda şöyle cevap vermeliydim: "Aşkım eline, koluna, yüreğine sağlık. Hayatımda böylesini yemedim. Kimse kocam var demesin. Koca burada. Tam karşımda. Ben nerede bir sevap işledim de rabbim beni böyle eli lezzetli bir adamla karşılaştırdı." Tabii bu sırada menemen de buz oldu. Olsun önemli değil. Sonuçta kocamın gönlü oldu. İşte benim hayatım böyle geçti. Kocanı öv, kaynananı öv, kendi ananı öv, dostlarını öv. Ben bu hayata resmen milletin övülüşünü seyretmeye gelmişim.

Karşılamadaki kız geldi. Sağ olsun, geldi de beni zihnimdeki girdaptan kurtardı.

Karşılamadaki kız: "Kaş için arkadaşımız uygun, buradaki işiniz bittiğinde geçebilirsiniz."

Evet, pedikürüm de bitti. Güzel zamanlama. Nasıl sistemli çalışıyorlar hayret ediyorum. Burada kimin ne kadar zamanda nasıl birine dönüşeceği bile hesaplanıyor. Adeta bir zaman tünelinin içindeyim. Kaş bölümüne geçtim.

En İnce Muhabbet

Kız kaşlarımı almaya başladı. Eli de ağır bu arada. Zaten şu yatarak kaş alma olayını hiç anlamadım. Ben yatıyorum ve o da kafamın arkasında oturmuş kaşlarımı tersten alıyor.

Kaş alan kız: "Bir aynaya bakalım. Ben biraz topladım ama siz bir bakın, son şeklini öyle verelim."

Biraz doğruldum, aynaya baktım. Öylece kaldım. Aynadaki yüzüme bakıyorum. Asla pozitif değilim şu an. Kaşım değil de daha çok göz kenarlarım, alnım ve uyurken bile çattığım iki kaşımın ortasına bakıyorum. Evli kalmaya çalışırken yüzüme düşen hiçbir kırışıklığı göremeyişime üzülüyorum. Her biri yaşanmamış bir güzel ânı temsil ediyor gibi dizilmişler yan yana. Şimdi dünyanın en güzel kaşını aldırsam ne fayda.

Kaş alan kız: "Nasıl sizce?"

Ben: "Güzel."

Kaş alan kız: "Biraz daha incelsin mi?"

Ben: "İnceldiği yerden kopsun vallahi."

Kız gülüyor. Benim yüzümdeyse acı bir tebessüm var. Kız ne kadar güzel. Kaşlarımı alırken onun gözlerine bakıyorum. İncecik beli var ve göbeği açık giyinmiş. Bir yandan da telefonuna gelen mesajlara bakıyor. Sanırım sevgilisi var. Kıskanıyor muyum onu acaba? Şu an böyle bir enerjiye mi ihtiyaç duyuyorum? Bilmiyorum ki…

En çok da hayatımın beni mutlu kadınların yanında böyle hissettirişine kızıyorum.

Devamlı bir kıyas halindeyim. Kendimden o kadar sıkılıyorum ki... Keşke beni bir yere emanet bırakabilsem de akıllanınca gidip kendimi oradan geri alsam. Neyse ki bitti kaşlarım da kızcağız nazarımdan kurtuldu. Az daha inceltseydi kaşlarımı, gözümden o incecik beli ortadan ikiye kırılacaktı. Kaşlarıma son kez aynada bakarken gözüm yanımda ipek kirpik taktıran kadının protez tırnaklarına takıldı. Ne kadar uzun taktırmış. Yemin ederim o tırnaklar bende olsa tuvalette götüm çizik içinde kalırdı. Canım çekti, vallahi ben de yaptıracağım. 10 bin bakımına gelmişim. Bendeki can sıkıntısı bu güzellik merkezinin tüm şubeleri bir araya gelse gene geçmez.

Kaş alan kız: "Bence hazır gelmişken size ipek kirpik de yapalım. Çok yakışır size."

Ben: "Bilmem. Ne kadar sürüyor o?"

Kirpik takan kız: "Sık isterseniz bakın benimki gibi..."

Kızın kirpikleri öyle sık ki hani elimle aralasam anca açılır.

Ben: "Yok, benimki o kadar sık olmasın."

Kirpik takan kız: "Tamam, bunun daha seyreğini yaparız. En fazla 50 dakikada biter."

Ben: "Tamam, hazır gelmişken o da olsun bari."

Çok ciddiyim, böyle yerlerde çalışan kızlarda hipnoz etkisi var. Şu an içlerinden biri bana "Ay hazır gelmişken böbreğinizin tekini de dayıma nakil ettirelim. Adamcağız diyalize giriyor aylardır" dese yemin ediyorum böbreğimi kendi ellerimle söküp buza sarıp vereceğim. O noktaya getiriyorlar insanı. Neyse kalktım kaş yatağından, kirpik takan kızın yatağına geçtim. Yata yata güzelleşiyorum bugün. Ne güzel gün.

Kirpik takan kız: "Gözlerinizi kapatın lütfen."

Kapattım gözlerimi. Kız kirpiklerimi takmaya başladı. Hep sıkıcı gelmiştir bana böyle beklemek. Bari uyumasam. Çünkü yorgunken bazen horlayabiliyorum. Böylesine bakımlı kızların yanında horlayıp rezil olmak da bu ara en son istediğim şey.

Horlamak deyince eşim geldi aklıma. Zaten gelmese şaşardım. Bahane arıyorum adamı düşünmek için. Ne kadar horlardı. Ve hiçbir zaman da kabul etmezdi horladığını. Telefonumun galerisi onun horladığını ispat etmeye çalıştığım videolarla dolu. Evlilik ne tuhaf şey. Öyle anlarda yanından kalkmamak için içimden meditasyon yapardım. "Dayan canım. Şu an horlayan adam senin âşık olduğun adam. Düşünsene ya yanında olmasaydı ve bu sesi duyamasaydın. Bu ses sana onun varlığını kanıtlıyor!" Açıkçası hiçbir boka da yaramazdı bu söylediklerim. Eninde sonunda ya sabaha kadar uyumak için kulaklık takardım, ya salona geçmek zorunda kalırdım. Böyle anlar beni çok üzerdi. E hem deliler gibi sevişmiyor, hem aynı yatakta bile uyuyamıyoruz. Acaba biz şu an ne yaşıyoruz diye sorardım kendime.

Kirpik takan kız: "Telefonunuz çalıyor. Bakmak ister misiniz?"

Ben: "Kim yazıyor ekranda?"

Kirpik takan kız: "Yeğenim Nazlı."

Ben: "Tamam, açıp verir misiniz bana?"

Yahu şu düştüğümüz duruma bak. Resmen şu an dereden su içen zürafa kadar savunmasızım. Telefonuma bile kendim bakamıyorum bir seyrek kirpik taktıracağım diye.

Ben: "Alo?"

Yeğenim Nazlı: "Hala ne yapıyorsun?"

Ben: "Güzellik merkezindeyim canım, sen ne yapıyorsun?"

Yeğenim Nazlı: "Hiiiç..."

Ben: "Bir şey mi oldu?"

Yeğenim Nazlı: "Yooo..."

Ben: "Babanla annen kavga mı etti?"

Yeğenim Nazlı: "Yooo yani aslında ettiler de boş ver."

Ben: "Sen iyi misin?"

Yeğenim Nazlı: "Ben iyiyim de... Aslında bir şey isteyecektim senden..."

Ben: "Söyle."

Yeğenim Nazlı: "Neyse boş ver."

Ben: "Kızım söylesene. Hızlı söyle gözümü de açamıyorum."

Yeğenim Nazlı: "Benim bu ayki servis ücretimi ödeyebilir misin diye soracaktım..."

Ben: "Tamam. Annen bana şoförün hesap bilgilerini yollasın hallederim ben."

Yeğenim Nazlı: "Sağ ol halacığım. Seni çok seviyorum."

Ben: "Ben de seni canım ve sana çok değer veriyorum."

Yeğenim Nazlı: "Sağ ol hala. Ben de sana..."

Yeğenim Nazlı henüz sekiz yaşında. O öyle özel ki benim için. Onun çocukluğunda kendi çocukluğumu kurtarıyor gibi hissediyorum. Benim zamanımda böyle arayabileceğim bir halam yoktu. Belki onun kadar şanslı değildim ama bunu da pek şans olarak göremiyorum açıkçası. Bugün babasının kapatamadığı her açık için beni araması ona kendini kötü hissettirmesin istiyorum. Ve devamlı ona değer verdiğimi söylüyorum. Hep aklında kalsın istiyorum değerli olduğu. Sanki benim kulağıma söylenmemiş tüm cümleleri yeğenimin aracılığıyla kendi çocukluğuma ulaştırmaya çalışıyorum. Yeğenlerimiz kardeşlerimizin yıktığı yerleri telafi etmek için dünyaya gelmiş sanki...

Bana benzeyen bir çift göze bakıyorum
Hiç sevilmediğim gibi sevip
Hiç dinlenmediğim kadar dinliyorum
Kendi küçüklüğümü kucağıma almışım gibi
Başka bir çocukta kendime sarılıyorum

Şu an ağlamak için en yanlış zaman. Kaç tane kirpik kaldı acaba? Düşündüm de eşim beni hiç bu kadar bakımlı görmemişti sanırım. En fazla iki-üç kere. O iki-üç kerenin de biri düğünümüzdü zaten. Aslında bakardım kendime, yani kendimce. Ama bu çok başka bir seviye sanırım ve ben bu seviyeye genelde çok ihtiyaç duymadım. Belki de duyamadım. Kafamın içi tonla sorunla doluydu. İçimden geliyordu belki de. Ama bu soruyu öyle derinlemesine kendime sormadım. Belki de bana bunu hissettirecek ilişkiler yaşamadım. İlk sevgilimi hatırlıyorum da... Aklım fikrim onu güldürmekten yanaydı.

Modern Aile

İlk sevgilim ve ilk yediğim tokat. 18 yaşındaydım ve sevgilim askerdeydi. Askerdeyken erkekler kendisini bekleyen kadınlara öyle beylik cümleler kuruyor ki o an kadın kendini dünyadaki tek kadın zannediyor. Öyle özel, öyle değerli bir kadın. Sevgilimden de aldığım güvenle bana bir cesaret gelmişti ve durduk yere oturma odasında elinde kâseyle leblebi yiyen abime "Benim bir sevgilim var" demiştim. O akşam bir şey olmadı. Abim benden çocuğun bilgilerini aldı sadece. Dedim ki, vay be abime bak. Öyle annemin gözümü korkuttuğu gibi bir durum yok. Gayet de medeni bir şekilde beni dinledi ve saygı duydu. Ertesi akşam, vay efendim benim sevgilim abimin arkadaşlarıyla alkol içermiş ve ben alkol kullanan biriyle nasıl sevgili olurmuşum... Abim sen beni bir güzel döv. Bu arada beni döverken abim de alkollü. Ve benim dayak yeme sebebim de alkol alan birini sevmek. Bu ironiyi kaç yıl oldu hâlâ aşamıyorum. Eğer söz konusu alkolse bu hikâyede tek alkollü olmayan benim ve dayağı niye ben yiyorum? Ya da abim bu denli yanlış bulduğu bir şeyi kendi neden yapıyordu? Olsun, ama o akşam yediğim tokatla çok büyük bir bilgi geçmişti elime. Ben asla modern bir aileye sahip değildim. Bu bilgi hayatımı kurtardı.

Askerdeki sevgilimi de abim sayesinde tanımış oldum. Ona attığım mesajda şöyle yazmıştım: "Abim beni dövdü ama ben senden vazgeçmeyeceğim. Seni bekleyeceğim." O da bana, "Bence ayrılalım eğer böyle bir sorun varsa" dedi. En azından askere gideli daha üç ay olmuştu. Nereden baksan kalan aylarımı kurtarmıştım. Sanırım hayal kırıklığı böyle bir şey. Bir erkek seni üzdüğünde ondan evvel tüm üzenler aklına gelmeye başlıyor teker teker. Şu an zihnim eşimi katlanılır bulabilmem için bana diğer hayal kırıklıklarımı hatırlatıyor. O gün bugün, abimle de bir mesafe vardır aramızda. O her ne kadar "O tokatları iyiliğin için attım" dese de, bana bu savunma pek iç açıcı gelmediğinden onu içimde tam anlamıyla affedemedim.

Kirpik takan kız: "Tamamdır bitti. Yavaş yavaş açın gözlerinizi."

Şu an sevgilisinin kendini feda ederek bulduğu parayla ameliyat olup gözleri açılan çiçekçi kız gibi hissediyorum kendimi.

Kirpik takan kız: "Nasıl oldu? Sevdiniz mi?"

Ben: "Çok güzel vallahi, elinize sağlık. Protez tırnak için yer var mıdır acaba?"

Kirpik takan kız: "Durun, arkadaşımız gelsin bir soralım."

Ben: "Yok, durun ben giderim. Yata yata bir hal oldum zaten."

Kızlar gülüyor. Gülerler tabii...

Karşılamadaki kızın yanına gidiyorum. O da her dakika telefonda müşterilerle tartışıyor. Resmen güzellik merkezinde hiçbir şey güzellikle halledilemiyor bu kız yüzünden. İpek kirpikleri de ok gibi saplanmış gözlerine. Her göz kırpışında kirpi gibi suratıma ok fırlatacak diye ödüm kopuyor.

Ben: "Protez tırnak için müsaitliğiniz var mıdır?"

Karşılamadaki kız: "Hemen öğrenelim. Sema içeri bir baksana Yelda'nın işi ne zaman bitermiş?"

Sema içeriye sormaya gitti biz de oklu kirpikliyle birbirimize manasız bir şekilde bakıyoruz şu an.

Sema: "Bir on dakikaya bitermiş."

Karşılamadaki kız: "Süper dilerseniz o esnada size içecek bir şey ikram edelim."

Ben: "Varsa bir açık çayınızı alırım."

Köşeye geçtim oturdum. Öyle manasız hissediyorum ki. Burada geçen her dakika git gide güzelleşiyorum. Ama içim aynı. Keşke şu içimi bir törpüleseler de altta kalan şu dişi yanımı bir ortaya çıkarsalar. Çayım geldi.

Çaycı abla: "Şeker alır mıydınız?"

Ben: "Yok, teşekkür ederim."

Abla o kadar bitap görünüyor ki. Yüzü gülüyor ama kesin kocası çalışmıyor bu kadının. Oğlu varsa o da çalışmıyordur. Yüzünden belli evin tüm yükünü sırtladığı. Şu huyumdan da nefret ediyorum. Hayır, bok var sanki illa ki bir çıkarım yapacağım. İç çayını, sesini kes yani. Bu çıkarımı yaptım da ne oldu sanki. Bir de zihnim susmuyor. Konuyu devam ettiriyor kafamın içinde. Acaba kocası neden çalışmıyor? Bu kadın evde mutlu mudur? Alsam onu götürsem bir ömür nasıl bende kalabilir ki? İnsan eti ağırdır. Hem belki sonradan kötü biri olacak. Hikâyeyi sonuna kadar götürüyorum ki kendimi her şeyi benim düzeltemeyeceğim gerçeğine ikna edeyim. Kaç canım kaç! Bugün de bu ablayı dert et kendine. Belki bu şekilde kendi hiçliğinden kurtulursun, di mi?

Karşılamadaki kız: "Yelda arkadaşımızın işi bitmiş, buyurun sizi alalım."

İçeri geçiyorum. Yelda karşılıyor beni.

Yelda: "Buyurun hoş geldiniz."

Ben: "Hoş bulduk."

Yelda: "Nasıl bir model olsun. Uzun kullanabiliyor musunuz?"

Ben: "Yok aman, orta boy olsun. Her yerde kullanabileyim."

Yelda: "Tamamdır. Renk?"

Ben: "Sade bir şey olsun, çok göze batmasın. Bir dakika ya... Neden göze batmasın? Batsın abi. Kırmızı olsun."

Yelda: "Tamamdır."

Tırnak etlerim 2.5 kg olduğu için Yelda maniküre başladı önce.

Ben: "Ne kadar sürer tahminen?"

Yelda: "Bir-bir buçuk saate biter ama çok güzel olacak bitince."

Bir buçuk saat düşünmek için çok güzel bir zaman. Elim Yelda'nın elinde, diğer elimde çayım var, hâlâ bitmedi. Telefonumla da ilgilenmiyorum bu sayede. Zaten mesaj da gelmiyor. Böyle mi oluyor acaba bütün evliliklerde? O nasıl olsa akşam eve gelecek rahatlığı nazlanmayı, emek vermeyi, merak etmeyi ortadan kaldırıyor mu?

Sanki birinin sevgisi hissedilmeyince dünyada kimse birbirini gerçekten sevmiyor gibi geliyor insana. Gerçek olsa ben sevilirdim gibi saçma, bencil bir savunma hali. Başkasında hissetsem itici bulacağım o duyguları kendimden söküp atamıyorum. Yelda elimi tutarken gözümün önüne arkadaşlarımızı evimize davet ettiğimiz akşam geldi.

Yalnızlıkla Tanışma Ânı

Evli bir arkadaşımın kocası, eşimle sohbet ederken bir yandan da eşinin saçlarını okşuyordu. O küçük an öyle hoşuma gitmişti ki. Sonuçta adam eşimle kendince önemli bir konu konuşurken bile eli eşinin saçlarındaydı. Sonra eşim misafirlerden birinin çayını tazelemek için mutfağa gitti. Ben de arkasından gittim. O demliği alacaktı ki ben içerideki manzaradan gaza gelip ona arkadan sarıldım. Dur, dedi, hayatım çay koyacağım görmüyor musun? Görüyordum. Ama ben henüz eline demliği almamış ve sarılmaya çok müsait evli bir adam görüyordum. Bir yanımda herkesin yanında eşinin saçlarına dokunmakla huzur bulan bir adam, bir yanımda mutfakta kimse yokken bile eşinin ona sarılmasını kendine yük gibi gören kocam. Belki de ben o an ayrıldım eşimden. Ama kendimle o kadar çok derdim vardı ki eşimin her davranışına katlanacak mantıklı bahaneler üretiyordum. Hâlâ daha zihnimde onu haklı çıkarmak isteyen bir yanım var. Ama bunu bir daha kimseyle olamam korkusuyla mı, yoksa eşime duyduğum sevgiden mi hissediyorum, bunu çözmem gerek.

Kendime karşı dürüst olmakta zorlanıyorum. İnsan kendine yalan söylediğini bile bile yalanına inanır mı? Bu durumun tarifi yok. Ama zihnimin içinde beni eyleyen, ikna eden bir kadın var. O kadın hem benim hem ben değilim sanki. Tırnaklarım da şekil almaya başladı. Üç tırnağım hazır. Şu an üçüyle bile kavgaya girsem galip gelirim. Keşke elime geçici güç veren bu yapma tırnaklar beni kendimle olan kavgamda da korusalar. Aklıma düğünümüz geldi gene. Düğünümde de bana saçma sapan bir manikür yapmışlardı. Kan içinde kalmıştı tırnak etlerim. Kökünden kesmişti kız etlerimi. Ne hıncı vardı bilmiyorum ama bana mesaj vermişti sanki. Akacak kan damarda durmaz, madem evleniyorsun çek bakalım der gibiydi.

Annemin yüzü geliyor gözümün önüne. Evlen evlen diye tutturan annem düğünümde de gergindi. Üstelik o gerginliğin nedeni benden ayrıldığına üzülmesi de değildi. İki abim gene kavga etmiş, düğünüme küs gelmişlerdi. Zaten ailemi benimle ilgili iki unsur üzebilirdi. Biri düğünüm, biri ölümümdü. Sağ olsun, birincisindeki hakkımı gene abilerime kaptırmış oldum. Artık kısmetse ikincisinde bu hakkımı kullanacağım. Tabii cenazemden evvel abilerim gene bir halt yemezse. Ah annem, onun şusu bunun busu derken, fırsat bulup ne başarımla sevindin, ne acılarım bana yeterince acımana yetti. Ben senin boş ânını bulup dikkatini çekeyim derken bak gelinlik kız oldum. Gerçi gelinlik giymesem başkasının düğünü gibi hissedecektim.

Oldum olası bizim sülalenin düğünlerinde hep elim yüreğimde gezerdim. Aman ya abim ya da akrabalardan biri içecek de saçma sapan bir kavga çıkacak diye. İnsan bu kadar mağdur olurken bu kadar suçlu hisseder mi? Annem hayatındaki tüm gerginliği o anlarda bakışlarıyla bana emanet ettiğinden, her şeyin sorumlusu benmişim gibi tüm yükü sırtlanırdım. Düğün yemeklerimiz o kadar kötüyken üstüne stresim iştahımı daha da açmıştı. Arkadaşımın annesi yanıma gelip kendi kızı için, "Esra ne kadar güzel olmuş di mi?" demişti. Ben de haftada üç gün gelin oluyormuşum gibi arkadaşımın benim düğünümdeki güzelliğini konuşmuştum annesiyle.

Yani gene övülecek biri çıkmıştı karşıma. Hem de en övülmemem gereken zamanda. Peki benim güzelliğim? Bu kimin konusuydu o an. Acaba eşimin mi? Maalesef, o da düğün stresinden ve kendi damatlığının hakkını verme telaşından beni çok övememişti. Gelin odasına tuvalete gitmiştim. Aynada kendime baktım. Nasıl bir gelin olduğumu anlayabilmek için. O kadar az fikir beyan edilmişti ki bir fikrim yoktu dışarıya nasıl yansıdığımla ilgili. Güzeldim sanki. Bilmem... güzel olmalıydım ama di mi?

Ben gelindim...

Neyse ki tırnaklarım bitti. Şimdi sıra danışmadaki kıza gidip hesap ödemeye geldi. İçime dokunmadan geçen ama dışımı değiştiren tüm işlemlerin bedeli ödenecek şimdi.

Ben: "Ne kadar benim ödemem?"

Karşılamadaki kız hesap makinesiyle hesaplıyor. Ona da tırnak yapmışlar. Tırnaklarının ucuyla basıyor tuşlara. Ne tatlı bir ses çıkıyor. Keşke bu tatlılık hesaba da yansısa derken...

Karşılamadaki kız: "1200 TL."

Şaşırdım ama şu an bu gerçekle mücadele edecek gücüm yok. Mecbur ödeyeceğim.

Ben: "Buyurun."

Karşılamadaki kız: "Şifrenizi girin lütfen."

Benim de tırnaklarım değdi sadece tuşa. Güzel bir his. İnceden bir kadın gibi hissetmedim değil. Ufak bir şımarma geldi. Ve bu duygunun 38 işlem boyunca gelmeyip pos cihazında gelmesi de bir enteresan. Acaba ben artık biraz da kendim için mi para harcamalıydım? Belki de...

Çıktım, şimdi salonun kapısındayım. Taksi çağırmam lazım ama eve gitmek istemiyorum. Hele annemlere gitmeyi hiç istemiyorum. Şimdi o taksi beni nereye götürecek? Salona dönsem artık yaptıracak işlem kalmadı. Oturdum salonun girişindeki merdivene, en kötüsünü düşünüyorum. Şu an kimsem olmasaydı nereye giderdim? Çünkü herkes varken kendi başıma ağlıyorsam zaten yalnızım demektir. O yüzden aklıma gelen en kötü şeyin şu an yaşadığım şeyle aynı olması beni korkutmaya yetmiyor. Merdiven biraz soğuk, oturdukça daha da fazla hissediliyor soğuğu. Kadınların biri girip biri çıkıyor. Bir gün içinde aynı yerde ne çok kadın güzelleşiyor. Peki niye yetmiyor? Koştur koştur bu salonlara gelişimiz neden? Yorulmadık mı?

Biraz durulsak mesela
Yormasa bu kadar insanlar
Bir sonraki durak huzur desek
Aynada gördüğümüz mutlu olmaya yetmiyor madem
O zaman dış güzellik yasaklansa da
Ruh güzelliğine geçsek...

Salondaki kızların da dikkatini çektim merdivende oturarak. Haklılar da, o kadar güzelleşip merdivende derece almayı mı bekliyorum acaba?

Karşılamadaki kız: "Birini mi bekliyorsunuz? Dilerseniz gelin içeride bekleyin, üşümeyin böyle."

Aslında içimden "Canım benim, ben kendimi bekliyorum ama onun da geleceği yok" diyesim geliyor ama daha fazla dikkat çekmek istemiyorum.

Ben: "Evet, bir arkadaşım gelip alacaktı beni ama bir yere uğramış. Birazdan gelir."

Karşılamadaki kız: "Tamam buyurun, içeride bekleyin, size bir çay ikram edelim."

Ben: "Teşekkür ederim, sağ olun."

Tekrar içeri girdim. Neredeyse mesai çıkışı bana mutfakta yatak açacaklar, yani bu işin sonu oraya doğru gidiyor. Hayır, bırakın işlem yaptırmayı, ben biraz daha bu havayı solursam buradan bebek filtreli gibi çıkacağım. Her geçen dakika güzelliğim ivme kazanıyor.

Gene o dertli abla çay getirdi bana. Gözümün içine de içli içli baktı. Hey yarabbim, gene kafamın içi konuşmaya başladı ama bu defa çok vaktim yok. Burada daha fazla oyalanamam. Telefonumda hâlâ mesaj yok. Zaten beklediğim de yok.

Abla sağ olsun, bana ikinci çayı da getirdi ama camdan bağırma sesleri geliyor. Sanırım aşağıda bir itiş kakış var. Ablaya ses tanıdık gelmişçesine cama koştu.

Çaycı abla: "Aha da benim adam birileriylen dövüşüyo!"

Abla kapıya koştu. Kız ben şimdi bu kadını nasıl yalnız göndereyim! Şu an o hüzünlü gözleri gözümün önünde.

Ben: "Abla dur yalnız gitme ben de geliyorum. Kızlar siz de polisi arayın!"

Bir Savaş Daha Kaybedildi

Bir avazda yola indim, abla benden önce vardı. Herkes üst üste burada, adamlar birbirine girmiş. Meğer yemekçi ablanın kocası burada esnafmış, müşterileriyle arasında kavga çıkmış. Abla da ayırmaya kalkınca kocası bir hışımla elini kaldırdı: "Sen neye geliyorsun lan? Burada adam kavgası var. Sen ne bok yemeye geliyorsun!" Aaa, resmen ablaya vuracak. Bana bir öfke geldi, atladım adamın üstüne! Abla beni çekmeye çalışıyor ama bana bir sinir geldi, duramıyorum. Adamın saçlarına yapıştım, o da beni kollarıyla itiyor. Şansıma da elbise giymişim, adamla cebelleşiyorum ama memelerim de bir oraya bir buraya savruluyor. Ay öyle de acıyorlar ki. Büyük memeler böyle kavgalarda çok sıkıntı. Adam bana karşı koymaya çalıştıkça elleri memelerime değiyor. Adama da kızamıyorum, zaten belden üstümün yarısı meme. Haliyle istemese de denk geliyor. Diğer adamlar da kenara çekildi bizi izliyorlar.

Belki de götüme bakıyorlar çünkü öyle savruluyorum ki ne üstümden ne altımdan haberim var. Keşke eşofman giyseydim. Gözlerim de birbirine yapıştı ipek kirpikten. Kurumadı mı ne yapıştırıcı da anlamadım. Abla da öyle çekiştiriyor ki beni, "Bırak kocamı" diye. Bense hiçbirini duyacak halde değilim. Ben bu adama vururken beni hiç anlamayan abilerime, bana sarılmayan kocama, bana kendini bu kadar az hatırlatan kadınlığıma vuruyorum. Ve böyle bir kavgaya da son beş senemin en güzelleştiğim ânında girişiyorum.

Adamı hırpalayacağım diye protez tırnaklarım hep avucumun içine battı. Adamda da katır gücü var vallahi. Azıcık boş bıraksam bir tokadıyla beni Avrupa'dan Anadolu yakasına geçirecek, taksiye de gerek kalmayacak ama asla boşum yok, şu an İtalyan defansındayım. Ve polis sirenlerini duyuyorum. Allah kahretsin, o danışmadaki kız o tırnaklarla nasıl bu kadar hızlı 155 yazdı! Hayır ama yaaaa, benim ellerim adamın saçlarındayken gelmemelilerdi. Adamı bir anda bıraktım, bu defa çaycı abla saldırdı bana. Gerçi polislerin yanında saldırması iyi oldu ama bunu hak ettiğimi düşünmüyorum.

Ben: "Abla bana niye saldırıyorsun yaaa? Ben seni koruyorum."

Çaycı abla: "Sana mı kaldı beni korumak? Koca benim koca sana ne oluyor?"

Ben: "E abla sana el kaldırdı ya! Vuracaktı sana!"

Çaycı abla: "O benim bileceğim iş, sen bizim aramıza niye giriyorsun hem? Git salona çayını iç sonra da siktir git!"

Benim kulaklarım doğru mu duyuyor ya? Yoksa çok hırpalandım da hayal mi görüyorum?

Polis memurları aracından inip yanımıza geldiler.

Polis memuru: "Ne oluyor burada? Hakkınızda ihbar var, kavga çıkarmışsınız?"

Çaycı abla: "Memur bey, benim kocama saldırdılar ben de eşime yardıma geldim."

Polis memuru: "Peki ya siz?"

Ben: "Ben de ablaya yardım etmek için geldim."

Polis memuru: "E biz sizi saç saça baş başa gördük?"

Çaycı abla: "Kocama saldırdı durduk yere memur bey."

Ben: "Ne durduk yeresi? Memur bey, bu adam karısına el kaldırdı ben de kadını müdafaa ettim."

Çaycı ablanın kocası: "Memur bey, ben karıma neden el kaldırayım. Bana burada müşterilerim saldırdı."

Polis memuru: "E hani neredeler?"

Ben: "Sahi neredeler? Biraz önce buradalardı."

Adamlar baktılar ki bizim kavgamız onlarınkinden daha canlı geçiyor, sanırım böylesi bir kavganın önünde saygıyla eğilip gittiler.

Polis memuru: "Kesin saçmalamayı da ne oluyor burada! Siz bir karakola kadar gelin bakalım bir ifadeniz alınsın."

Heh, ben de zaten gidecek yer arıyordum, iyi oldu. Bir bu eksikti yaaa. İki tane polis memuruyla İstanbul turu da yapmadım demem.

Karakola girdik, ablanın bana bir bakışı var komiserin yanında, sanki kumasıyım.

Komiser: "Ne oldu şimdi, nedir paylaşamadığınız?"

Ben: "Komiserim, beyefendi dükkânın önünde müşterileriyle kavga ederken eşi kendisini korumaya gitti. Ben de abla yalnız gitmesin diye ona eşlik ettim ama eşi sonra ablaya el kaldırınca ben de dayanamayıp beyefendiye saldırdım, sonra da abla bana saldırdı. Polis memurları da tam o esnada geldi."

Çaycı abla: "Komiserim yalan söylüyor. Eşim bana neden el kaldırsın? Ben eşimi korumaya gittim, bu bayan durduk yere benim eşime saldırdı."

Çaycı ablanın kocası: "Evet komiserim bu kadın benim kafamda yolunmadık saç bırakmadı. Bakın kafama, saçlarıma bakın."

Adamı gerçekten yolmuşum. Ama bu kırk yalan çiftin bu oyununa nasıl düştüm hiç bilmiyorum. Hani o ablanın içli bakışları? Hani ben onu alıp evime götürecektim? Hani onu kurtaracaktım bu mutsuzluktan?

Komiser: "E peki size saldıran müşteriler?"

Çaycı ablanın kocası: "Onlar siren sesini duyunca hemen kaçtılar komiserim."

Komiser: "Peki siz bu kadını tanıyor musunuz?"

Çaycı ablanın kocası: "Yok vallahi ilk kez görüyorum."

Çaycı abla: "Vallahi ben de tanımıyorum. Bugün çalıştığım salona müşteri olarak geldi. Sonra da bu olaylar oldu."

Komiser: "Peki, şikâyetçi misiniz siz bu hanımefendiden?"

Çaycı ablanın kocası: "Aramızda bir arbede yaşandı, gerçi ben karşılık vermedim ama şikâyetçi değilim."

Çaycı abla: "Eşim değilse ben de değilim komiserim."

Ben: "Sağ olun..."

Komiser: "Peki, imzalarınızı atıp çıkabilirsiniz."

Neydi bu şimdi? Hem evimden daha uzaktayım, hem karakollara düştüm, hem de iki bardak çayını içtiğim, yüzü çiçek huyu köpek bir ablanın gazabına uğradım. Çıktık karakoldan.

Ben: "Abla niye böyle yaptın ya? Adam sana el kaldırdı, dövecekti seni."

Çaycı abla: "Yavrum, sen bilip bilmeden niye her şeye atlıyorsun? Bir kere diğer adamlar benim öz abilerimdi. Aramızda bir miras meselesi var. O şerefsizler bana babamdan kalan arsayı vermiyorlar. O yüzden de kocamla kavga etmeye gelmişler. Ben de eşimi savununca, eşim onların yanında erkekliği zedelensin istemedi. Bugüne bugün de bana bir fiske vurmuşluğu yoktur. Aha da geliyor. Kusura bakma sen de bizimle böyle karakollara düştün."

Ben: "E neden müşteriler dediniz de abilerim demediniz? Madem böyle bir haksızlık var ortada?"

Çaycı abla: "Şikâyetçi olayım da annem hastanelik mi olsun? Anamın kıymetlileri karakollara mı düşsün?"

Ben: "Anladım..."

Abla kocasının koluna girip gitti. Ben öyle kalakaldım arkalarında. Sahi ben şimdi nereye gideceğim? Telefonumda hâlâ mesaj yok. Dediğim gibi, beklediğim de yok...

Karı koca en azından bir şey için mücadeleleri var dedim içimden. Konu köydeki arsa da olsa birbirine tutunmuş iki insan gördüm karşımda. Ve abilerine karşı savaş kazanmaya çalışan başka bir kadının, kocasının kolundan güç alışını izledim. Adamın saçları yolunmuş olsa da kolları hâlâ sağlam. Ne oldu şimdi?

Ben gene başka bir çiftin ilişkisinde sınıfta mı kaldım?

Caddeye çıktım, yürüyorum. Bir nohut pilavcı var. Nasıl da severim. Hele o küçük tombul biberler şu an ne kadar iyi gelir bana.

Ben: "Kolay gelsin, bir nohutlu tavuklu pilav bir de ayran alabilir miyim?"

Pilavcı: "Hemen abla."

Şu abla kelimesi de ayrı bir sinir ediyor beni. Büyük küçük demeden hepimize bir abla eki geliyor. Hani korkma, güvendesin, ben tehlikeli biri değilim mesajı veriyorlar. Bakma bu konuda her iki taraf için de üzülüyorum. Şu an bu abi de kendi hemcinsleri yüzünden ultra dikkat etmek zorunda hissediyor. Bakın ben de abi dedim. Ruhumuza yerleşmiş bir kere söküp atamıyoruz. Pilav çok güzel ama.

Pilavcı: "Ayakta yemeyin, buyurun tabureye oturun."

Oturdum vallahi. Zaten yorgunum da, onca cebelleşmenin üstüne şu an bu tabure L koltuk bana. Hem pilavımı yiyorum hem yoldan geleni geçeni seyrediyorum. Kendimi eşim olmadan tanımaya çalışıyorum. Kimim ben? Neden o yokken her an başıma bir şey gelecekmiş gibi hissediyorum? Beni buna o mu alıştırdı, yoksa ben mi onunla beraber kendimi bıraktım, hiç bilmiyorum.

Yoldan geçen bazı insanlar öyle mutsuz geliyor ki bana. Onlardan birine dönüşmekten ödüm kopuyor. Seninle dört duvar arasındaki mutsuzluğumuza şükrediyorum böyle anlarda ve bu acizlik beni delirtiyor. Bu kadar mı yokum sahiden? Ama varım be, he? Mesela sabahtan beri dünya kadar güzelleşip, üzerine bir adamın saçlarını yolup, karakolluk olup, o karakoldan kendi başıma çıkıp, şimdi de yalnız, pardon pilavcı abiyi yok saymayalım, bir tabure üzerinde pilav yiyorum. Üstelik basurumu bile hiçe sayarak üst üste tombul biber yiyorum. Bu da bir başkaldırı değil midir? Bu anların hiçbirinde sen yoktun ve ben hâlâ yaşıyorum. Hem de kırmızı protez tırnaklarımla. Öyle deli gibi mutluyum diyemem, ama ne bileyim işte. Beni sadece kafamın içindeki nasıl olsa evime döneceğim düşüncesi sinirlendiriyor o kadar. Hani sanki kendime bir günlüğüne bir ütopya yaratmışım da içinde eğleniyor gibiyim. Bu güvenli alan kısmını sevmiyorum. Ben kendimi, güçlü hissetmek için kimseye ihtiyaç duymadığım bir alanda dimdik görmek, bana uzanan bir eli sadece aşk için tutmak istiyorum. Şu an saat 20.00, yani ben evden çıkalı tam 11 saat oldu. Bir kedi geldi yanıma:

Ben: "Tavuk mu istiyorsun kız? İstiyorsun tabii."

Ne güzel de yiyor. Aaa, bakayım sana, hamile bu kedi. A kuzum benim, kim bilir kim girdi senin günahına. Bak böyle karnı burnunda tavuk arıyorsun. Babası desen ortada yok. Kim bilir hangi başka tekirin ya da sokağa atılmış Russian Blue'nun peşinde geziyor. Neden her canlıyı acı çekiyor zannediyorum?

Bir yol istiyorum sancısız
Kendime denk bir canlı arıyorum
Ama biliyorum bu adımlarım ortaksız
Bu sorunun tek muhatabıyım
Pas diyip geçsem, yarınlarım cevapsız...

Kedi doydu, pilavım da bitti. Bana gene yol göründü biliyorum.

Bir veda daha yaşandı. Pilavcı abiyi de kendi hikâyesine emanet ettim. Şimdi kendi hikâyeme bir son arıyorum ama bu son beni başlatsın istiyorum. Geç kalmak istemiyorum kendime. Hani eşinden boşandıktan sonra eşinin izin vermediği şeylerin iki katını yapan kadın hırsı vardır ya. İşte ben hiçbir şeyi o hırsla yapmadan, o ânın tadını çıkarmak istiyorum. Ve bu duygu hali öyle şak diye gelmiyor insana. Ya da gelir mi dersiniz? Yahu neden sanki "Boşansam boşanırım, ben şu an kendim boşanmıyorum" gibi bir özgüvenli cümle dolanıp duruyor kafamda? Git başımdan Allah aşkına. Sen kimsin ya? Ben değilsin biliyorum. Çünkü ben bu kadar yalan söylemiyorum. Bu kadar kan kusup kızılcık şerbeti içtim demiyorum. Kimsin sen kim, kim, kim?

Bir gün babam bir akrabamızın kızının boşanma haberini bana verirken şöyle demişti: "Adam evine bakıyordu. Kadın da ne güzel çalışmıyordu, evde oturuyordu. Durduk yere boşandılar. Olacak iş mi. Bir yuva kolay mı kuruluyor?" "Baba, peki insan durduk yere boşanır mı?" demiştim. "Boşanmış işte. Kimisi böyle nankör oluyor" demişti. Şimdi babama desem ki "Baba be, ben çok mutsuzum. Kendimi hiç değerli hissetmiyorum. Bence ben boşanmalıyım..." Bana kuracağı cümleler şu an kulağımın içinde. "Ne oluyor sana durduk yere? Biz damadımızı seviyoruz. Gül gibi adam." Peki ben babama nasıl, "Baba bu adam bana sarılmıyor. Güzel olduğumu hissettirmiyor. Biz aynı koltukta sarılarak televizyon izlemiyoruz mesela. Eşime hemen bir daralma geliyor" diyebilirdim? Hem tut ki dedim, vereceği cevap şu olurdu: "Ne var, adam yorulmuş. Koltukta uzanmak istiyor. Durduk yere yuvanı dağıtma. Sen boşanmayı kolay mı sanıyorsun?"

Sanmıyorum be baba. Ben ne evliliği ne boşanmayı kolay sanıyorum. Hele evliyken ayrı gibi hissetmeyi hiç. Aklıma kayınvalidem geldi yine. Belki de en çok o sevinirdi. Sanki oğlu dünyanın en seksi, en yakışıklı, en kusursuz adamıydı ve bense onun oğluna zebellah olmuş bir piton yılanıydım. Bazen öyle bakışlarını yakalardım ki eşime uzak otururdum, beni kendine rakip görmesin diye. Eşim kayınvalidemlerin evinde adeta amcamın oğlu gibi olurdu. Bakın bunlara da çok üzülüyorum mesela. Ben neden sırf kayınvalidem yüzünden eşimle arama mesafe koymuşum? Neden bu kadar korkmuşum? Ben sanki dünyanın en sağlıklı ailesine sahipmişim gibi gene kendi ailemi aratmayan başka bir aileyi seçmişim. Bakın bunlar da sorun değil. Beni asıl üzen... bu kadar sorunlu evlerde büyümüş iki insan olarak bizim daha fazla sarılmamız gerekmez miydi? İkimiz de ne zaman ailelerimizi görmeye gitsek o evlerin gerginliğini kendi evimize taşır, o öfkeyi atacak yer arardık. Ve ailelerimizle kuramadığımız o bağın bedeli hep ikimizin arasındaki bağa ödetilirdi. Bazen bakışmalarımız olurdu konuşmadan. Hani seni anlıyorum, belli ki gene ailen seni sinirlendirmiş. Ama yetmiyordu işte.

Evliliğimizin başlarında eşim bazen yaptığım yemeği beğenmeyip annesine yemeğe giderdi. Dönüşte aynı yemekten bana da getirirdi. Ben gitmezdim. Çünkü kayınvalidemin konuşmalarını duyardım. Telefonda eşime hep "Aç mısın?" diye sorardı. "Aç mısınız?" değil. Ve layık görülmediğim o merak duygusunun içine gurur yapıp kendimi zorla dahil etmek istemezdim. Allah'ı var, eli de çok lezzetlidir. Her ne kadar üzülsem de eşimin getirdiği o yemekleri yerdim. Hem yemeğin ne günahı vardı ki?

Sonraları ben de güzel yemek yapmaya başladım. Belki bu ters psikoloji işe yaramıştır, kim bilir. Malum kafamız öyle çalışıyor bizim. Kötü hissetmeden iyiyi bulamıyoruz. Bu biz bazı kadınların kaderinde var. Belki de yemeğe bakış açım annemden dolayı da geç gelişmiş olabilir. Annem meslek hayatı boyunca çoğu zaman yemekçilik yaptı. Ve iş yerinde yemek yapmaktan sıkıldığı için evde yemek yapmayı sevmezdi. Ben annemi babama yemek hazırlarken hiç mutlu görmedim. Kaldı ki babam da kolay kolay yemek beğenmezdi zaten. Babama dair hep şöyle cümleler hatırlıyorum: "Makarna yemek mi? Çorba yemek mi?" Çoğu kez annemin önüne koyduğu yemekleri tepsiyle birlikte duvara fırlatmışlığı vardır babamın. Ama hafızam bunları hatırlamayı çok sevmiyor. Çünkü babamı hep sevmek istiyorum. Annemle babamın evliliği yaşama biçimi çok değişikti. O devamlı kavga eden iki insan bazen çok gülüyorlardı da. Şakadan dövüşüyorlardı mesela. İlişkilerinin kendi içinde bir denklemi vardı ama asla dışarıdan çözülebilir değildi.

O Kıvılcım Nerede?

Bir çok gece sabahlara kadar uyumaz, televizyonda birbirlerinin yaptığı yemekleri daha kaşık ağızlarına değmeden beğenmemeye yemin içmiş yarışmacılarla dolu yemek programlarını izler, kendi ruh halime şükrederdim. Bazen hiç uyumadan işe gider, doğuma karısıyla giren adamların heyecandan bayılmalarıyla uğraşırdım. Halbuki kaç sabah hatırlıyorum, bugün çok başka bir kadın olacağım ve eşimin karşısında çok enerjik duracağım diyerek uyandığım. "İşe gitmeden yürüyüşe çıkacağım. Bu göt taş gibi olacak. Her gün en az 50 squat yapacağım" adlı beylik laflarımın belki iki ya da üç kez hakkını verebilmişimdir. Eşime de kızamıyorum. Kendime soruyorum sadece. Neden o anlarda harekete geçmek için kıvılcımı eşimin suratından almak istedim? Aynada gördüğüm kendi yüzüm bana neden yetmedi? Bizim aramız açıldıkça ben kabahati hep bedenimde, enerjimde aramayı çare bildim kendime. Sanırım bu yüzden de yanıma ne zaman benden zayıf, benden güzel biri otursa gerildim, kişiliğiyle ilgilenmeyip onu kendime hep düşman belledim. Ne bekledim eşimden bilmiyorum. Evlilik kadının üzerinde öyle bir yük ki eşinin tek bir soğuk tavrında mana aramaya başlıyorsun. Belki de şu zavallı evlilik kurumuna çok anlam yüklüyoruz da üstesinden mi gelemiyor? Acaba bu kurum bizleri daha mı hassaslaştırıyor bilemiyorum.

Bazı arkadaşlarımızın evliliği şükür sebebiydi bizim için. Ne zaman dertlerini dinlesek ya da bir tartışmalarına şahit olsak, kendi evliliğimizi üstün görür, mutlu olurduk. Şimdi kendime soruyorum. Gerçekten bu kadar mutlu olsaydık bunu kendimize ispatlamaya çalışır mıydık? Kıyas kabul eder miydik mesela? Çok şükür biz birbirimize hiç böyle davranmıyoruz gibi cümlelerle o anları kurtarmaya çalışır mıydık? Bendeki o sekiz kilogram fazlalık aramızdaki mesafeyi azaltır mıydı? Kafamdaki bunca soruyla nasıl sohbet edebilirdik ki eşimle? Onun sormayı ihmal ettiği "Nasılsın?" sorusundan fırsat bulup açılamamış onca konu kursağımda dizilmiş ve ona rağmen o kadar yemek hâlâ kursağımdan geçebiliyor. Onca hayal kırıklığımın arasında maşallah bir tek iştahıma bir şey olmuyor. Ne zaman böyle hissetsem canım muzlu pasta çekiyor. Ah anne, sana ne kadar çok benziyorum. Annem de ne zaman abilerim kavga etse üzüntüden yemek yer dururdu. Belki de ben annemden öğrendim hem üzülüp hem yemeyi. Oldum olası üzüntüden iştahı kesilip zayıflayanlara özenmişimdir. Aslında uzmanlara göre bende yeme bozukluğu var ki, bana kalsa bende sevme ve sevilme bozukluğu da var. Hiçbir şeyin hakkı verilemiyor bende.

Güzel yürüdüm ama sanırım yoruldum. Hâlâ kararlıyım, eve ya da annemlere gitmek istemiyorum. Çünkü şunu biliyorum, yüzümden her şey anlaşılıyor. Ve aileme ne zaman dert anlatsam, bırakın beni teselli etmelerini, ben onları zor toparlıyorum. O yüzden ben bu kadar dağınıkken kimseyi toparlayabilecek gücüm yok.

Otele gideceğim ama öyle tek başıma da otel tecrübem yok. İşte böyle zamanlarda insan otel tecrübesi çok olan bir kız arkadaşa ihtiyaç duyuyor. Ama benim arkadaşlarım genelde kaynanasının Karasu'daki yazlığına gittiği için şu an kimseye akıl danışamıyorum. Mecbur bu yol üzerinde bir otel bulacağım. Heh, hemen ileride bir tane var. Büyükmüş de, güzel.

Yan Odadaki Aşk Bizi Mutlu Eder mi?

Otelin içi genelde kahverengi eşyalarla dolu. Bu rengi hep kasvetli bulmuşumdur. İnsanı daha girişten itibaren depresyona hazırlıyorlar ki kimse coşkulu hissetmesin. Herkes sessiz sedasız uykusunu uyuyup hayatına geri dönsün. Neyse, ben kendime bir yer oluşturacak soruma geçeyim.

Ben: "Merhaba. Boş odanız var mıdır acaba?"

Danışma: "Tek kişi mi kalacaksınız?"

Ben: "Evet, tek."

Danışma: "Kaç gecelik istiyorsunuz?"

Ben: "Şimdilik bir."

Danışma: "Tabii, kimliğinizi alabilir miyim lütfen? Bir de şu formu doldurursanız..."

Ben: "Tabii. Ne kadar bu arada tek gecelik odanız?"

Danışma: "900 TL."

Şu an bu paraya tek başıma ve böyle bir ruh haliyle tek göz odada uyuyacağım için daha da yıkıldım. Bir hafta kalmam gerekirse artık konut kredisi çekerim bu otel için, yapacak bir şey yok. Tek ihtiyacım olan şey temiz çarşaf ve yastık. Şu başımı yastığa bırakıp şehir dışında dizi çeken oyuncular gibi otelde uyumak istiyorum. Bambaşka biri olmak istiyorum o odada. Çünkü bu masrafa değmeli. Keşke evinde kalabileceğim ve hiç konuşmayacak olan bir dostum olsaydı.

Hayatım asla filmlerdeki gibi değil. Nerde öyle dostlar. Sana evini açacak ve tek kelime bile etmeden seni rahat bırakacak. Benim arkadaşlarım dertlerimi sıramı savsam da kendi derdini anlatsa diye dinliyor. İçlerinden biri bana L koltuğunda yatak açacak diye bir apartman boyu laf dinleyemeyeceğim şu an.

Danışma: "Buyurun kimliğinizi..."

Ben: "Siz de kartımı buyurun."

Danışma: "Teşekkürler. Şifre lütfen."

Şifremi acı içinde girdim. Ah kırmızı tırnaklarım. Az evvel bir ailenin 15 günlük mutfak ihtiyacını bir odaya verdin. Allah'tan kahvaltı dahilmiş. O da bir şeydir en azından.

Danışma: "Oda kartınız. Arkadaşlar odanıza kadar eşlik etsinler size. Bavulunuz var mıydı?"

Ben: "Yok, sağ olun. Kolay gelsin."

Görevli asansöre bindi benimle. Şimdi ona da bahşiş vermeliyim, di mi? Sanki turist rehberi mübarek, altı üstü 2. kata çıkacağız ve odam da tam asansörün karşısındaymış. Üstelik bavulum da yok. Ben zaten mağdurum, ama belli ki o da mağdur ki bu kadar kolay bulabileceğim bir yer için bile bana eşlik ediyor. Al be kardeşim. Al benden sana 50 lira. Ben zaten batmışım. Bari senin yüzün gülsün.

Görevli: "İyi istirahatler efendim."

Ben: "Çok sağ olun. Size de kolay gelsin."

Evet, kaldık mı odayla baş başa. Evden ayrılalı şu an tam 13 saat oldu. Ve tahmin edeceğiniz gibi mesaj gelmedi. E ben de beklemiyordum zaten, o kısım da artık hepimizin kafasında net.

Ah canım oda. Lütfen beni başkalaştır. Dinlendir, şifalandır. Pijamam bile yok. Ve ben aynı çamaşırları ertesi gün giyemem. Mecbur her şeyimi çıkarıp şampuanla banyoda yıkayacağım. Artık sabaha kadar anca kururlar. Ben de tek göz odada ilk kez kaldığım bu otelde sadece bornozumla tam bir zengin depresyonu yaşamış olacağım. Oldum olası bana elde çamaşır yıkamak iyi gelmiştir, bir nevi terapi. Bu bana öyle bir tecrübe oldu ki. Şu günler bir geçsin. Her gün yanımda her an bu hayatta kendi başıma kalabilirim düşüncesiyle yedek kıyafetle gezeceğim. Neyse, çamaşırlarla beraber ben de yıkanmış oldum. Çok iyi geldi. Şimdi ıslak çamaşırlarımın asılmış halini izleyerek derin bir uykuya geçmek istiyorum. Bugün bu hassas ruhum en çok bunu hak etti. Televizyonu da açacağım. Çünkü televizyondakiler konuşurken kendi zihnimin sesini çok duyamıyorum. Ve o karmaşada daha hızlı uyuyabiliyorum. Durun. Allahuekber! O ses neydi? Bi dakika, tahmin ettiğim şey mi? E yuh artık.

Yan tarafta bir çift sevişiyor demeyi çok isterdim ama birbirlerini parçalıyorlar desem daha uygun olacak. Ve bunu benim en hüzünlü, en yorgun olduğum gecede yapıyor olmaları beni daha da üzdü. Ve şu an ödüm kopuyor duvarı kırıp benim odaya geçecekler diye. Sanırım bu akşam başıma gelebilecek en kötü şey bu olurdu. Üstelik hiç de bir kereyle yetinecekler gibi de durmuyorlar. Beni mi buldunuz ya? Böyle zamanlarda aklıma hep yasak aşk geliyor. Sanki odada bir iş adamı varmış da bir kadınla gününü gün ediyor gibi. Sanki evli bir çift bu kadar ateşler içinde yanamazmış gibi.

Ne tuhaf di mi? İnsan herkesin hayatının çerçevesini kendisi kadar zannediyor. Aman, şimdi de yan odamdaki yangına üzülemeyeceğim. Benim derdim bana yetiyor zaten. Ama bu gürültüyü televizyon kesmez. Çünkü dizideki karakterler arada susunca, yan odadakilerin ah'ları uh'ları araya karışacak, iyice uykum dağılacak. Annem arıyor, bir de böyle anları tam tersi gibi gösterme derdi var tabii. Bari yandaki kadın çok haykırmasa da annem duymasa.

Ben: "Alo?"

Annem: "Ne yapıyorsunuz?"

Ben: "Oturuyoruz anne ne yapalım."

Annem: "Nerede?"

Ben: "Evde oturuyoruz anneciğim nerede oturalım?"

Annem: "Ne bileyim, belki bir yere gitmişsinizdir."

Ben: "Yok evdeyiz. Siz ne yapıyorsunuz?"

Annem: "Biz ne yapalım. Oturup televizyon seyrediyoruz. Biz ne yaparız ki?"

Ben: "Ne oldu? Bir şey mi oldu?"

Annem: "Yoo."

Ben: "Canın sıkkın gibi geldi?"

Annem: "Yok niye canım sıkkın olsun? Abin işten ayrıldı."

İşte asıl konu açıldı. Aslında sorun benim ne yaptığıma dair olan merakı değil. Bu haber karşısında neler yapacağım konusundaki merakını gidermeye çalışıyor şu an.

Ben: "Niye?"

Annem: "Anlaşamadılar, adam maaşları da düzenli yatırmıyormuş."

Ben: "E yatırsa ne olacak? Siz veya yengem abimin maaşını herhangi bir şekilde hissediyor musunuz ki? Her koşulda size yansıyan bir şey yok yani."

Annem: "Olsun öyle deme. Eşinin yanında öyle konuşma."

Ben: "Nasıl konuşayım?"

Annem: "Neyse, sus şimdi. Siz ne yapıyorsunuz?"

Ben: "Biz iyiyiz işte oturuyoruz."

Annem: "İyi iyi oturun. Bir de sizi düşünmeyelim."

Ben: "Anne, kapatıyorum. Bir şey diyor musun?"

Annem: "Ne güzel konuşuyorduk."

Ben: "Arayacağım seni sonra."

Annem: "Tamam abinin kirasına da bir yardım edin bu ay tamam mı? Biz olmasak o yeğenlerin aç."

Ben: "Tamam anne kapatmam lazım."

Anahtar cümle, "Bir de sizi düşünmeyelim."

Ne üzücü di mi, bir ailede birbirlerini üzmekten yana size hiç pay bırakılmaması. Abin işten ayrıldı, abin işe başladı, yengen evi terk etti, büyük abin ortağıyla ayrıldı, yengen büyük yeğeninle kavga etti, yeğenin ergenlikte çok saygısızlaştı. Bu yoğun gündemlerin arasında kendime bir alan yaratamıyorum. Annem zihnini ve sabrını onlarla öyle bir donatmış ki. Ağzına kadar su dolu bir bardak düşünün ve ben de bir su damlasıyım. Kendimi o suyun üzerine bıraksam hep beraber taşacağız. O yüzden doğup büyüdüğüm o evde en çok yer kaplayan en küçük madde benim. Roller değişeli çok olmuş. Ben annem olmuşum annem ben. Ve yüküm ağır. Hem anneme evlat, hem ikimize de anne olmak zorundayım. Çünkü benim de anneye ihtiyacım var.

Onca kargaşanın içinde elimi yanağıma götürüp "Üzülme" diyorum ve yanağıma değen o elin kendi elim oluşu gözümden yaşların süzülmesine yetiyor zaten. O an başka dert aramıyorum. Şimdi aileme bazı şeyleri söylemek daha zor. Çünkü benden önce gene zihinleri dolmuş ve bizimkiler eşimi de eşimin ailesini de hep çok sevdi. Zaten babamın birini sevmesi için aynı görüşte olması yeterliydi. Eşimin iyi insan olarak anıldığı her ânın bedeli hep bana ödetilirdi. Bugün aileme demediği her hayırın acısı, eve geldiğimizde saçma sapan bir şey yüzünden tartışmamızla çıkardı. Gerçi eşime bu sebeple darılamıyorum. Çünkü ailemin talepkârlığı hat safhadaydı ve bundan eşim de nasibini aldı. Ne kadar çok şeyi dert etmek zorunda kalmışım. Şu yorgunluğuma bakıyorum da, hep bir savaşmışım ama asla kendim için değil. Ailem tartışmış ayırmaya çalışmışım, annem başkalarının kızlarına karşı kendi kızının hayatını üstün kılmak istemiş, bunun için gene ben savaşmışım.

Şu an kendimi silahlı bir çatışmada ortada kalan bir çocuğu kurtarmaya çalışırken tüm kurşunları kendisi yiyen bir kurban gibi hissediyorum.

Yerde kanlar içinde yatarken hayatını kurtardığım çocuğa bakıyor gibiyim.

Onca kan kaybına rağmen yaşar mıyım ki?

Kim bilir?

Uyuyabilirsem belki...

Belki de En Aydın Gün

Çalar saatim çalıyor. Sabah 08.30'a kurmuşum. Malum, otelde kahvaltı 10.00'a kadar bitiyor. Zaten otelden çıkışım 11.00, anca kahvaltı yapar hazırlanırım. Kıyafetlerim de kurumuş. Neyse, duşumu odaya dönüşte alırım. Çıktım odadan, dün akşamki görevli arkadaşı gördüm.

Görevli: "Günaydın efendim."

Ben: "Günaydın. Kolay gelsin."

Görevli: "Sağ olun."

Ne güler yüzlü çocuk. Asansöre bindim, iki kat çıkacağım, yanımda da bir çift var ama suratları asık. Belli ki iyi uyanılmamış. Dünden hiç mi akıllanmamışım anlamıyorum. Allah bilir bu çift aynı anda başkasına kızmıştır. Kesin bunlar da sırılsıklam âşıktır. Yani söz konusu bensem şu an herkes çok mutludur bu otelde. İşte geldim, kahvaltı bölümündeyim. Bu otelin tek hesap kitap yapanı benim zannederken burası ana baba günü bu saatte. Tabağımı öyle bir dolduracağım ki, kafamın içi gibi olacak bu tabak. Kursağına kadar dolu tabağımla masama geçtim. Ve tek başına kahvaltı yapan bir ben, bir de bir adam var. Sanırım iş adamı, buraya toplantı için gelmiş olabilir. Garson geldi.

Garson: "Ne içersiniz? Çay, portakal suyu ya da kahve?"

Ben: "Ben bir açık çay alayım."

Aaa, o iş adamının yanına da bir kadın geldi bilgisayarıyla. Sanırım asistanı. Neyse, sus be kadın. Gene aklıma bir şeyler geliyor ama bezdim kendimden. Ben söylemesem de siz aklıma düşen kurdu anladınız zaten. Çok acıkmışım. Hiçbir şey düşünmeden sadece yemek istiyorum. Asistan sabah sabah makyajını da yapmış. Saçlar da fönlü. Ay of, sustum tamam. Eteği de kısa baya. Aaa keseceğim kendimi şurada yemin ederim. Bir an evvel bu otelden çıkmalıyım yoksa her gördüğüme bir hikâye uyduracak zihnim.

Kaliteli Sohbet

Otelden çıkışımı yaptım. Evet, yeni bir gün ve evden çıkalı şu an 24 saat oldu. Dün tam bu saatlerde eşime kırılmıştım. Belki de ona kırılalı aylar, yıllar olmuştu, kim bilir? Otelin karşı caddesine geçip biraz yürüyeceğim. Ne şanslıyım ki şu buhranlı dönemim yıllık tatilime denk geldi de depresyona girmeye vakit bulabildim. Otobüs durağında oturdum. Ne olacak şimdi? Bugün nereye gideceğim? Bu otel çok pahalı. Telefonum çalıyor. Arkadaşım Sevil arıyor.

Ben: "Alo?"

Sevil: "Alo canım, ne yapıyorsun?"

Ben: "İyiyim dışarı çıktım biraz, dolanıyorum, sen?"

Sevil: "Ne yapayım vallahi. Çocukla uğraşıyorum. Baktım Instagram'da iki gündür story falan yok. WhatsApp grubuna da yazmıyorsun, dedim şunu bir arayayım."

Ben: "Ya öyle bir kafamı dinliyim dedim. Hiç aklıma gelmedi vallahi Instagram."

Sevil: "E gel bana bizde dinle."

Dinle derken arkadan sesi gelen o canavardan hallice çocuklarını duyuyor mu acaba?

Ben: "Yok canım ya, biraz yürüyüş yapacağım bugün."

Sevil: "E gel işte beraber yürürüz, çocukları da alırım, onlar da parkta oynar. Bu arada Nesrin görgüsüzünün paylaşımını gördün mü? Eşi çiçek almış ona, kocaman güller. Kucağına sığmamış da, onu paylaşıyor. Kız gel işte yaaa, çok konu birikti. Hem dertleşiriz dedikodu yaparız biraz."

Ben: "Sonra gelirim olur mu?"

Sevil: "E peki. Ben seni gene dürterim."

Ben: "Tamam öpüyorum seni."

Sevil: "Caaaaan prizden uzaklaş. Tamam canım ben de öpüyorum."

Ah Sevil... Aynı güllerden istiyorsun değil mi? Yoksa neden rahatsız etsin seni bu kadar o günahsız güller? Sana gerçek dertlerimi anlatamadığım için çok üzgünüm. Yıllardır en yakın arkadaşım diye tarif ettiğim kadının aslında sadece başkalarının hayatını bana anlattığını fark ettiğim an kendimi gerçekten tanımaya ne kadar da fırsatım olmadığını daha net anladım. Mutsuz bir arkadaşın başkalarının mutsuzluklarıyla avunması bana eğlenceli gelmiş. Ya da teslim etmişim kendimi. Ve o anlar beni eve hep güçlü göndermiş. Esra'nın kocasının devamlı arkadaşlık sitelerinde gezindiğini, Aynur'un kaynanasının Aynur'a büyü yaptırdığını, Melek'in kaynının tek taşağının olmadığını bile ben Sevil'den öğrendim. Her gün magazin sayfalarını takip eder, WhatsApp grubumuza hayatına hiç hâkim olmadığımız ünlülerin sansasyonel haberlerini gönderirdi. Grubun adı da "kaliteli sohbet". Ne büyük ironi di mi? Hepsi bir yana da, ben hayatımda iki kere bile sohbet etmediğim Melek'in kaynının tek taşaklı olduğu bilgisini hayatımın hangi alanında kullanacağımı hiç bilmiyorum. Sevil'le olan muhabbetlerimizden öğrendiğim tüm bilgiler atmosfer boşluğunda süzülmüş ve kendi hayatımın gerçeğinden beni ne de güzel uzaklaştırmış. Sevil başkalarının eksikleriyle tamam hissetme derdine düşmüşken onunla beraber ben de ayakta uyumuşum. Ve Sevil o kadar sıkıcı bir evlilik yaşıyordu ki, devamlı başkalarının kötü şeyler yaşaması hoşuna gidiyordu. Ben bugüne kadar başkasının kötülüğünü isteyen birinin başına iyi bir şey geldiğini görmedim. Sevil bunun en büyük örneğiydi benim için.

Aaa, serçeparmağımdaki protez tırnağımın ucu kırılmış. Sanırım çamaşırlarımı çitilerken oldu. E şart oldu bugün de güzellik merkezine gitmek. Görüyorsunuz, ben istemiyorum, kader bana ısrarla güzelleş diyor. Ve ben de bu sese kulak vereceğim. Hazır otobüs gelmişken bineyim. Akşamki 900 TL'den sonra ruhumu bir de taksi ücretiyle şımartamayacağım. Şükür oturdum. Ama şu otobüs sallandıkça elbisemin kenarında boşluklar oluşuyor ve karşımda oturan adam o boşlukları derbi maçı gibi takip ediyor. Yahu bu kadar mı sapkın insanlar var! Şeytan diyor yüzüne bir tane tekme at ama o tekmeyi yiyene kadar da eteğimin altına bakar bu. Bazı insanlar hiç iflah olmayacak gerçekten. Ayağa kalkayım desem, bu defa da boydan süzecek beni. Mecbur vücudumun belli bir kısmından feragat edeceğim. Hayır şimdi bu adamı dövsem, eminim onu da savunacak bir kadın çıkacak. Karakoldan bir kez daha dumura uğramış bir şekilde çıkmaya hazır değilim.

Neyse, yaklaştık sayılır, birazdan ineceğim ve bu adamın kirli hayal dünyasından ayrılacağım. Artık yerime hangi oyuncu oturur bilmiyorum. Ama umarım pantolon giymiştir. Şükür geldik. İndiğim yer güzellik merkezine beş dakikalık mesafede o yüzden biraz yürüyeceğim. Üzerimde de dünkü kıyafetler var. Hayır, kızlar da bu kadın bıraktığımız gibi kalmış diyecek. Şu pastaneden kemalpaşa alayım da eli boş gitmeyeyim. Oldum olası severim insanlara tatlı götürmeyi. Kemalpaşa eşimle en sevdiğimiz tatlıydı. Şu an aklıma ilk o tatlının gelmesine sinirlendim ama neyse.

Ben: "Bir kutu kemalpaşa alabilir miyim?"

Görevli: "Tabii."

Aldım çıktım pastaneden, yürüyorum. Güzellik merkezi görünüyor şu an.

Tanımadığım Gözlerde Tanıdığımı Aramak

Heh, vardım, içeri girdim, danışmadaki oklu kirpikli karşıladı beni. Bu nasıl bir yaşam biçimi yahu. Dünkü halinden daha da bakımlı hepsi. Sanki burası hayatın içinde başka bir hayat sunan küçük bir küre gibi. Tatlı kutusunu verdim.

Ben: "Tırnağımın ucu kırılmış. Hem onu yaptırayım hem de eli boş gelmeyeyim dedim."

Karşılamadaki kız: "Ay ne zahmet ettiniz ya. Sağ olun, arkadaş hemen düzeltsin tırnağınızı."

Tırnak bölümüne geçtim. Şu an tırnağımı onarıyorlar. Öyle de bir karşılıyorlar ki bu durumu, sanki özel hastanenin acil bölümüne gelmiş kanamalı hastayım. Burada böyle şeyler çok ciddiye alınıyor ve ben de bu sürece teslim ettim kendimi şu an. Allah başka dert vermesin vallahi.

Neyse, bitti tırnağım. Bu kötü olayı da hemcinslerimin desteğiyle atlatmış oldum. Çaycı abla geldi. "Gene mi bu deli karı?" der gibi gözlerimin içine baktı ama ben gözlerimi kaçırdım. Yüzüm yok ona bakmaya.

Karşılamadaki kız: "Bitti mi tırnağınız, süper. Gelin mutfağa geçelim, tatlı getirdiniz madem size de ikram edelim."

Ben: "Aaa süper olur vallahi."

Mutfağa geçtik. Çaycı abla panzehir hazırlamış edasıyla çayımı önüme bıraktı. Karşılamadaki kız da baya iştahlı maşallah. İştahlı insanları hep çok sevmişimdir.

Ben: "Adın ne senin? Vallahi aklımda danışmadaki kız diye kaldın kusura bakma."

Karşılamadaki kız: "Ahaha olsun, adım Eda."

Gönül: "Eda, bir müşteri randevu almış ama sistemde gözükmüyor bir baksana."

Karşılamadaki kız: "Geliyorum. Siz yiyin ben birazdan gelirim, sohbete devam ederiz."

Kaldık mı çaycı ablayla baş başa. Neyse ki kaşlarımı alan kız geldi. Bakalım kemalpaşa seviyor mu?

Kaş alan kız: "Aaa kim aldı bunu? En sevdiğim."

Ben: "Ben aldım."

Kaş alan kız: "Kesenize bereket vallahi, canım da tatlı çekmişti."

Seviyormuş. Bugün de göbeği açık giymiş.

Kaş alan kız: "Sevdiniz mi kaşlarınızı?"

Ben: "Çok..."

Bir de tatlı dilli. Güzel de bir kız. En çok da gözleri güzel, kocaman. O konuşurken ben gözlerimi onun gözlerine dikiyorum, hem de hiç kaçırmadan. Onun gözlerinde eşimi arıyorum. Eşimin onu gerçekten sevip sevmediğini anlamaya çalışıyorum.

Çünkü ben son iki gündür eşimin onunla mesajlaştığını, hatta onu bazı akşamlar iş yerinden almaya geldiğini biliyorum. Burayı da eşime gönderdiği konum sayesinde buldum. Kaşlarımı ona emanet ettim. Çünkü gözümün içine bakmasını istedim. Baksın ki beni biliyor mu anlayayım. Ona kızacak bir neden bulayım.

Mesaj geldi ona, yüzü gülüyor.

Ben: "Özel biri mi?"

Kaş alan kız: "Evet, erkek arkadaşım."

Ben: "Aaaa ciddi bir mesele mi? Var mı ufukta evlilik?"

Kaş alan kız: "İnşallah."

Beni bilmiyor. Belki de eşimin evli olduğunu da. Şimdi sana nasıl kızayım? Kurban kurbana neden sen de kurbansın diye kızar mı? Onu güldüren mesaj bana gelmedi diye ona kızmaya hakkım var mı?

Gözlerine bakmaya devam ediyorum. Kendimi eşimin yerine koymaya çalışıyorum. Kendimle onu kıyaslıyorum. Ama hakkaniyetle yapıyorum bunu. Hayatımdaki son anlayışımı onun için kullanıyorum. Kızın enerjisi çok güzel, benimki de öyleydi. Beli ince, benim ki hiçbir zaman o kadar ince değildi. Dudaklarında biraz dolgu var. E olacak o kadar, mesleği güzellik zaten. Zihnim onu öyle bir savunuyor ki... Alışmışım kendimi yerden yere vurmaya. Bu savaşı kaybetmeye dünden razı bir şekilde ona bakarken bir yandan kemalpaşaları ağzıma tıkıyorum. O tüm güzelliği ve zarafetiyle karşımda durup bana bakarken, ben onun gözlerinde eşimle vedalaşıyorum. Üstelik aynı tatlıyı seviyoruz ve aynı adamı da. Ama bir farkla, onun alt karın derdi yok ve yüksek ihtimalle selüliti de yoktur.

Ben: "Size afiyet olsun. Ben kalkayım."

Kaş alan kız: "Tekrar teşekkür ederiz tatlı için. Bir sonrakinde biraz daha inceltiriz kaşlarınızı olur mu?"

Kız belli ki her şeyi beli kadar ince seviyor.

Ben: "Olur."

Çıktım güzellik merkezinden. Bu kez dizlerim titrediği için merdivenlere oturdum. Biraz soluklanmaya ihtiyacım var. Annem arıyor. Müthiş zamanlama!

Annem: "Ne yapıyorsun?"

Ben: "Dışarı çıktım alışveriş yapacağım eve, sen?"

Annem: "Biz de babanı göz muayenesine götürdük. Sağ gözü %70 görüyormuş."

Ben: "Ameliyat dedi mi peki?"

Annem: "Yok, iğne yapacakmış gene."

Ben: "Anladım."

Annem: "Öyle işte. Daha ne yapıyorsun?"

Ne yapayım be anne. Senin tam söylemediğin iğne parasını sana ne zaman versem diye düşünüyorum...

Ben: "Ne yapayım işte. Alışverişim bitsin eve geçeceğim."

Annem: "İyi, akşam bize gelin. Bak baban da gelsinler diyor. Yengenle abin gene kavga etmiş..."

İşte asıl konu! Telefonda değil de yüz yüze anlatmak istiyorsun değil mi anne?

Ben: "Neden?"

Annem: "İşte, abin neden işten ayrılmış da, bıktım da falan. Öyle girdiler birbirlerine gene. Baban da bu defa abine çok bağırdı. Böyle karınla kavga edeceksen bir daha bize gelme dedi."

Ben: "Anladım."

Annem: "Öyle işte. Gelin tamam mı? Bekliyoruz heee."

Ben: "Tamam."

Şimdi anneme şey deseydim mesela, "Anne, biliyor musun, ben az önce hiç tanımadığım bir kadının gözlerinde eşime veda ettim..." Ne derdi acaba? Ya da şu an gidip "Boşanıyorum" desem. Ne derdi? Durun, onun söyleyeceklerini ben söyleyeyim onun yerine.

"Sen kafayı mı üşüttün? Bırak kiminle mesajlaşıyorsa mesajlaşsın. Sen ne kadar aptalsın. Onca zaman kahrını çektin, şimdi başkasına bırakıyorsun keyfini sürsün öyle mi? Ortalık kevaşe dolu. Hepsinin aklı milletin kocasında. Erkekler ne yapsın bu kadar kaşarın arasında? Ne adamlar var, her gün karılarını dövüyorlar. Herkes hata yapar. Biz damadımızı seviyoruz. Bak, bugüne bugün bir kere bize bir saygısızlık etmedi. Ya o kaynanan? Ne kadar mükemmel bir insan. Duysa ne kadar üzülür kadın. Git evine kocanın başında dur. Bak daha çocuk bile yapmadın. Şimdi haydi diyelim boşandın. Ne ara birini tanıyacaksın da, evleneceksin de, anne olacaksın. O yumurtalar seni beklemez. Onların da bir ömrü var."

Benim gibi.... Benim de bir tane ömrüm var be anne! Sadece bir ve yarısı sana anlatamadığım, kendime saklı onca dertle geçti...

Aaa mesaj geldi:

Eşim: "Neredesin?"

Yeni Bir Yol

Nerede miyim? Bilmem...

Sanırım ilk kez kendimdeyim. Belki de arkadaşım Sevil'in diğer arkadaşlarımıza anlatırken kendi evliliğini yüceltmesini sağlayacak o aldatılma içerikli hikâyesinin üç başrolünden biriyim. Elim karnımda ve eşimle hasbelkader haftalar önce bir kez sevişmemizin karşılığı olan doğmamış bir bebeğe anneyim! Dün sabah onun telefonunun ekranına "Baba olacaksın" diye ekran görüntüsü bırakayım derken, o an ekrana düşen mesajla kendime sakladım tüm bildiklerimi. Sadece onu anlayabilmek için çıktım o evden. Onu bir tokatla uyandırmak gibi bir seçenek de vardı belki. Ama çoktan gitmiş bir insana arkasından taş atmak gibi bir şeydi benim için bu hamle. Birine "Neden beni sevmeyi bıraktın?" diye hesap sorulur mu? Nerede tanıştınız, ne zamandır görüşüyorsunuz gibi hissettiğim hiçbir duyguyu hafifletmeyecek soruların peşine düşmedim. Bana göre bu sorular artık sevilmediğiniz gerçeğini değiştirmiyor. Benim cevabını merak ettiğim tek soru vardı. Onun da ömürlük cevabını aldım. Haftada kaç kez onun yanında olduğu detaydan ibaretti. Benim ilgilendiğim şey, eşim kalben benimle değildi. Bir yanım üzüldü de ona. Onu bu kadar tutsak hissettiren neydi? Hem de ben onu bu kadar rahat ettirirken. Kendimi bildim bileli telefon karıştırmayı yakıştıramadım kendime. Hatta yanımda mesaj okurken bile dönüp bakmazdım. Çünkü bu durum bana devamlı kusur aramak gibi gelirdi ve bu telaşın içine sokmak istemezdim kendimi. O an içimden tek bir şey geldi. O da o yataktan kalkmak. Sanki geceden alkol almış ve hiç tanımadığım biriyle sevişip sabah kalktığımda pişman olmuş gibiydim. Bir anda hiç tanımadığım birine dönüştü eşim. O an onun kim olduğu konusunda kararsızdım.

Ama kendimle ilgili artık kararlıyım. Kendimi bulmama engel olan hiçbir eve dönmeyecek, geç gelen hiçbir mesaja cevap vermeyecek ve taraflarından biri olmadığım hiçbir savaşa girmeyeceğim. Bu yol benim için artık tek başıma üstesinden gelmek zorunda olduğum bir yol. Savaşımı kendi yolumdan yana seçiyorum. Ve karnımdakini hak ettiği gibi büyüteceğim. O bu hayattan beklediğini bulabilir mi bilmiyorum. Fakat ona söz veriyorum. Benim bile engel olamayacağım iyi ve kötü bir sürü şey olacak. Ama o kendisini hiçbir zaman annesi kadar geç tanımayacak!

Ben yeni bir yolda,

o da karnımda.

Yürüyelim bakalım…

EN BAŞLANGIÇ DOLU SON…

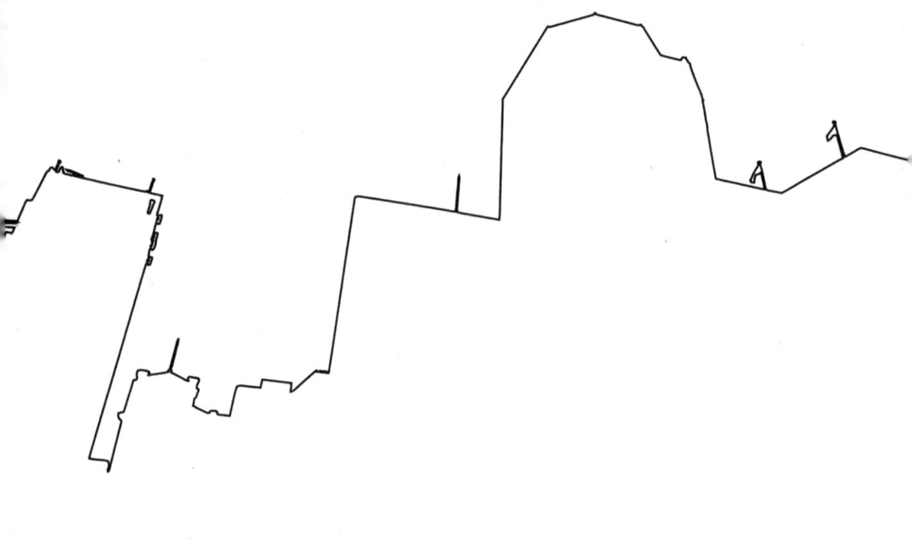

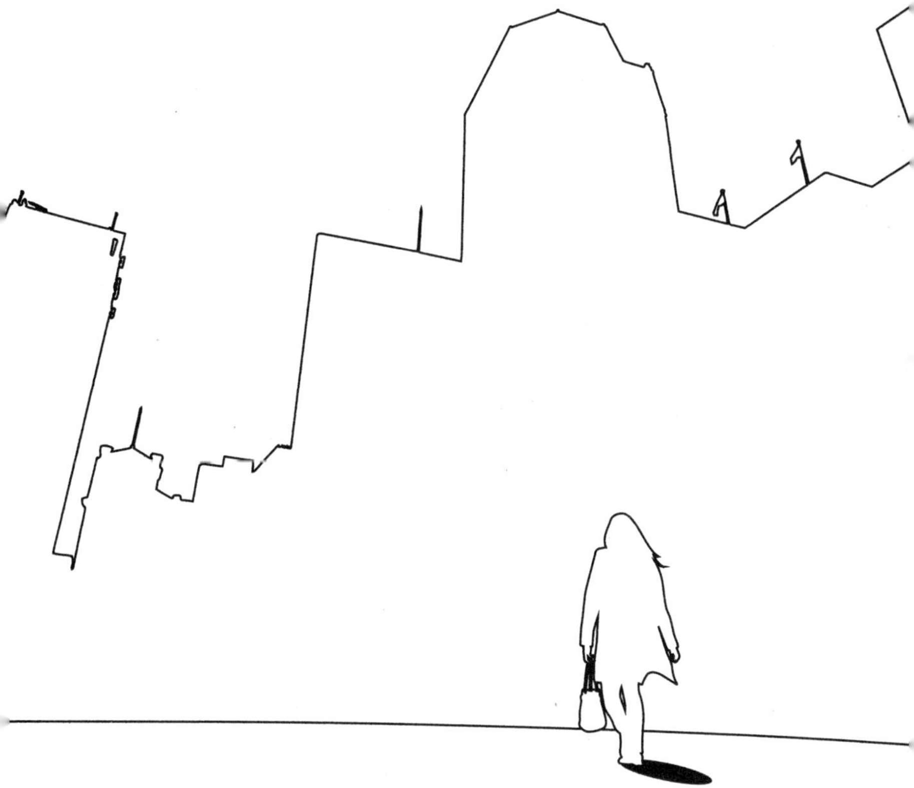